科学探偵 謎野真実シリーズ

科学探偵 vs.

暴走する月
前編

もくじ

登場人物 ……… 6

プロローグ ……… 8

1 侵食するAI(エーアイ) …… 20

マジメスギの初恋 …… 60

2 AI(エーアイ)に心(こころ)はあるのか …… 74

4 必死の逃亡者
156

3 暴走する家電
116

その後の科学探偵 198

この本の楽しみ方
この本のお話は、事件編と解決編に分かれています。登場人物と一緒にナゾ解きをして、事件の真相を見つけてください。ヒントはすべて、文章と絵の中にあります。

登場人物

謎野真実
エリート探偵育成学校・ホームズ学園出身で、天才的な頭脳と幅広い科学知識を持つ。「科学で解けないナゾはない」が信条。6年生。

宮下健太
成績もスポーツも中ぐらいの"ミスター平均点"。超ビビリなくせに、不思議なことが大好き。6年生。

円城信也
有名IT企業クロノスの社長。
健太たちの住む花森町の
「AIモデル特区」
プロジェクトを推進中。

レイア
アメリカから
転校してきた4年生。
コンピューターに詳しい。

大前先生
6年生の担任。
理科クラブの顧問。

浜田先生
6年生の学年主任。
あだ名は
「ハマセン」。

河合先生
6年生の担任。
ゆるふわカールの髪が自慢。

青井美希
新聞部部長で、
ジャーナリスト志望。
健太とは幼なじみ。
6年生。

杉田ハジメ
真実たちのクラスメート。
あだ名は「マジメスギ」。
規律にうるさい。

「おは よ～！」

朝。宮下健太と謎野真実が一緒に登校していると、健太の幼なじみの青井美希が駆け寄ってきた。

「おはよう、美希ちゃん。なんか朝から元気だね」

「あたりまえでしょ。だって今日、あの円城さんがウチの学校に来るのよ！」

1時間目の特別授業で、有名IT企業クロノスの社長・円城信也の講演会がおこなわれることに

なっていたのだ。

「ほらっ、町はずれに大きなビルが建ったでしょ。あれがＩＴ企業クロノスの本社なのよ。なんでも円城さん、今日の講演会ですごい発表をするらしいわ。これはスクープを取るチャンスよね！」

新聞部で部長をしている美希は、うれしそうにカメラをかまえる。

一方、ＩＴといえばスマホで動画を見るぐらいの知識しかない健太は、円城のすごさにピンときていなかった。

「真実くんは、円城さんのこと詳しい？」

「ニュースで報道されているぐらいのことはね。最先端のＡＩの研究もしているらしいよ」

「ＡＩって、聞いたことあるけど、

えぇっと……」

「Artificial Intelligence の略で、人工知能、つまり人間

のように自分で考えて学習するコンピューターシステムのことだよ」
「人間のように？ じゃあ、ＡＩの入ったロボットとかがいたら友達になれるってこと？」
「健太くん、ＡＩはあくまでプログラムで動いているんだ。人間のような人格があるわけじゃないから、友達にはなれないよ」
「ええ、そうなの？」
真実の言葉に、健太はガックリと肩を落とした。
そんな健太を見て、美希が笑う。
「とにかく、円城さんが何を発表するのか興味津々よね。ほらっ、早く学校へ行きましょ！」
美希にぐいぐいと背中を押されながら、真実と健太は学校へ向かった。

「それではみなさん。円城信也さんに登場してもらいましょう！」
1時間目の特別授業。体育館に集まった全校生徒の前で、壇上に立った校長先生がそう言った。

10

暴走するＡＩ（前編）- プロローグ

生徒たちのうしろには、新聞社やテレビ局といったマスコミもおおぜい来ている。

円城が重大な発表をすると知り、取材にやってきたのだ。

校長先生に呼ばれ、舞台袖から、黒いトレーナーにジーパン姿の若々しい男性が現れた。

「やあ、みんな！　元気にしてるかい？　わたしがクロノス社長、円城信也だ！」

円城は壇上に立つと、胸を張って一同を見つめた。

「なんか、すごく堂々とした人だね」

健太は、うしろにいる真実にそう話しかける。

すると、円城が健太のほうに顔を向けて指をさした。

「やあ、そこのきみ、質問でもあるのかな？　何でも聞いてくれてかまわないよ！」

「えっ、あ、いえ、何もないです」

President
Shinya Enjyo
Kronos Co.,Ltd.

「そんなに緊張しなくてもいいんだよ。はっはっは」

円城は、社長なのにえらぶらず、社交的で明るい性格のようだ。

「さて、今日はみなさんに、ある発表をしようと思っているのです。――この花森町は、今日から『ＡＩモデル特区』になります温めてきた一大プロジェクトです。――この花森町は、今日から『ＡＩモデル特区』になります！」

瞬間、ダダーンという大きな音が鳴り響き、円城のうしろにかかっていたスクリーンに、未来都市のような花森町のＣＧが映し出された。

「ＡＩモデル特区？」

みんなが首をかしげる。

健太も意味がわからず、真実のほうを見た。

「真実くん、特区ってなんなの？」

「ある特定の分野に力を入れた地区のことだよ。ＡＩを使ったモデル地区に選ばれたということだね」

「そのとお～り！」

暴走するAI（前編）・プロローグ

円城が、笑顔で壇上から真実を指さした。

「きみは実に優秀なようだねえ。みなさん！　AIというものがどれだけ生活の役に立つのか、わたしはそれを知ってほしいと日々思っていました。まさに、ニューワールド！　花森町はこれからもっと素敵な町に生まれ変わるのです！」

円城は、はっはっはとうれしそうに笑った。

「なんだかすごいことになったねえ」

健太は胸がときめくのを感じた。と、円城が「おっと、そうだ」と話を続けた。

「ひとつ言い忘れていました。我がクロノスの、みなさんのAI生活のお手伝いもしようと思っているのです」

円城は、指をパチンと鳴らした。

すると、体育館の入り口の扉が開き、何体もの見慣れぬ物体が入ってきた。

真っ白な人型のロボットだ。大きさは健太たちと同じぐらいで、自分の足で歩いている。

「あれは、我が社が開発したAIロボット『ロボゼウスくん』です」

ロボゼウスくんたちは、手にタブレット端末とゴーグルのような装置を持っていた。

13

「みなさん、彼らが持っている物に注目してください。あれこそが、我が社が開発したディスプレー型次世代AI『ゼウス』なのです！」

「ゼウスって、確か……神様の名前だよね?」

健太がそう言うと、真実は「なるほど……」とつぶやいた。

「円城さんの会社の名前はクロノス。これはギリシャ神話に出てくる巨人のティターン族の長の名前なんだ。そし

暴走するＡＩ（前編） - プロローグ

　て、その子どもの名前こそが、ゼウス。だけど、次世代ＡＩというのは……」

　ＡＩロボットは、みんなにタブレット端末とゴーグルのような装置を配っていく。生徒だけではなく、先生たちにも配られた。

　「花森町に住んでいるみなさん全員に、ひとり1台、次世代ＡＩ・ゼウスが入った、そのタブレットをお貸しします。これから1カ月、みなさんは、ゼウスと一緒に生活してください。

そしてどれだけAI(エーアイ)が世の中の役に立つのか、体験してみてください。さあ、タブレットのスイッチを押すのです！」

円城にうながされ、みんなは戸惑いながらも、タブレットの電源を入れた。

その瞬間——。

ジャジャーン！

大きな音が響き、画面にポリゴン状の物体が現れた。

「わっ、何これ？」

健太が驚いていると、画面から声が聞こえてきた。

「ワタシは、ゼウス。今から、いくつか質問をしまス。あなたの好きな色は、なんですカ？」

ゼウス
ギリシャ神話の最高神で、天空神として全宇宙や天候を支配する。神々と人類の両方を統治する存在。

「えっ、ええっと、青!」

音声認識で、ゼウスとやりとりができるようになっているようだ。

「では、好きな食べ物ハ?」

「それはええっと……、ハンバーグ!」

健太は次々と質問に答えていく。質問は20個近くあった。

「最後に、あなたのお名前を、教えてくださイ」

「ぼくは、宮下健太だよ」

「宮下健太サン。——ハイ、学習しましタ!」

次の瞬間、ポリゴン状の物体が、人の形に変化し、かわいい女の子になった。

「宮下健太サン……、はじめましテ!」

「えっ? 女の子がぼくの名前を言ったよ?」

しかし、まわりの生徒たちは、健太とはまったく別のことを言っていた。

ポリゴン
たくさんの多角形（主に三角形）で物体の曲面を描く表現方法。3Dで立体を表すときによく使われる。

「かっこいい戦国武将があいさつしてくれたよ！」

「わたしのは、かわいい猫よ！」

次々と声をあげるみんなの姿を見て、円城は満足げなようすでほほえむ。

「ゼウスは、ネットワークでクロノス本社にあるホストAI『スーパーゼウス』とつながっていますが、タブレットに入っている個々のAIは、持ち主の趣味や考え方を学習することで、それぞれ姿形や性格に個性が出ます。つまり、あなただけの『マイゼウス』になるのです。さらに、そのヘッドマウントディスプレーを装着すると、びっくりすることが起きますよ！」

「それって、このゴーグルみたいなやつかな？」

健太はヘッドマウントディスプレーを装着してみた。

「わあ！」

なんと、女の子の姿のゼウスが、3Dになって目の前に現れた。

「すごい！　本当にいるみたいだよ！」

「そう！　まさにニューワールド！　さあ、みなさん、今日からゼウスとの生活を楽しんでください！　AIこそが、輝けるニューワールドをつくるのです！」

円城は満面の笑みを浮かべて両手を大きく広げる。

マスコミが壇上のそばまでやってきて、円城をカメラにおさめた。

体育館に集まった生徒や先生たちは、夢中になってゼウスに話しかけている。

だがそのなかで、真実だけは、なぜかタブレットを興味なさげに見つめていた。

ヘッドマウントディスプレー
頭につけるタイプの画像表示装置（ディスプレー）。頭の動きに連動して画面を表示できるので、映像を目の前で起こっている現実であるかのように体験できる。

侵食(しんしょく)するAI(エーアイ)

暴走するAI[前編]1

円城がクロノス社製のタブレットを配ってから、生徒たちはみんなタブレットに夢中になっていた。
「すっごく、いろんな機能がついてる！」
「ずっとこういうのが欲しかったけど、親にダメって言われてたし、タダで借してくれるなんて円城さん、マジ神！」
生徒たちは、テンションが上がりまくっている。
「ほら、これ、見てよ」
「すごい……学校新聞のレベル、さらに上がったんじゃない？」
「でしょ〜？ タブレットのおかげで、学校新聞づくりも大助かりよ。文章と写真を入れるだけで、見栄えのいいレイアウトをポンッとつくってくれるの。リチャード、ありがとね」

休み時間になると、健太のところに、隣のクラスの美希が学校新聞を手に駆け込んできた。

美希が、手に持っていたタブレットに話しかけた。画面の中で、美希のマイゼウスの白髪の老執事・リチャードがニコリと笑った。

「美希お嬢さまのお役に立てて、じいはたいへん、うれしゅうございます」
「いつもありがとうリチャード、ホホホホ」
「ハハ、お嬢さまだって。美希ちゃん、なりきってるなぁ」
「健太くん、何か文句ある!?」
「あ、いや、ぜんぜんッ!」
「せっかくなら非現実的な設定を楽し

みたいじゃない。ねえ、リチャード」

「ハイ。じいも美希お嬢さまに仕えることができて幸せでございます」

美希は満足げにほほえんだ。

ぼくも、このナナミちゃんのおかげで、50メートル走で自己最高記録を出せたんだ」

「ワタシは、あたりまえのことをしただけでス」

タブレットの中で、近未来デザインの制服姿の青い目の女の子がニッコリとほほえんだ。生徒に配布されたタブレットには、それぞれ番号が割り振られていた。健太のタブレットは「0773」だったので、健太は自分のマイゼウスに「ナナミ」と名づけたのだ。

「ナナミちゃんが、ぼくが走るところを撮影して、分析してくれたんだ。それで、ナナミちゃんが教えてくれたフォームで走ってみたら、これまでより速く走れたんだ！」

「へえ、そんなこともできるんだ」

「うん。勉強も、重たい教科書を持ち歩かなくてもタブレットだけでできるし、わからないこともなんでも教えてくれる。テスト結果を分析して苦手な分野の復習もさせてくれるし」

「宮下サン、そんなにほめないでくださイ。ソレがワタシの役目ですかラ」
「ホント、ナナミちゃんのおかげで、勉強がどんどん楽しくなるなぁ」
近くで話を聞いていた「マジメスギ」こと杉田ハジメが、突然、声をあげた。

「**情けないったら、ありゃしない！　宮下くんって人は**」

マジメスギは溜め息をつきながら、眼鏡ふきでキュッキュッと眼鏡をふいている。
「えー、なんでさぁ？」
「ＡＩが助けてくれるから、勉強をやる気になったですと？　何かに頼らずとも、心から勉強したいと思うのが、本物の向学心です！」
「……べつにいいじゃん。タブレットのおかげでさ」
健太がつぶやくと、タブレットの中のナナミはニッコリとほほえんだ。
「そうですよ、宮下サン。コツコツ頑張りましょウ。ワタシはずっと応援しまス」

タブレットは授業でも、欠かせないものになっていた。

健太のクラスでは、担任の大前先生が理科の授業をおこなっている。

「じゃあね、みんなが持っている、あの装置をつけてみて」

健太は、机の中からヘッドマウントディスプレーを出し、頭に装着した。

見回すと、健太は、なんと広大な草原の真ん中に立っていた。

「すごい!」

健太は驚いて声をあげた。

真実もヘッドマウントディスプレーをつけて、まわりを見回した。

「うん。まるで、モンゴルの大草原にいるみたいだね」

太陽が沈みはじめ、あっというまに、あたりは真っ暗になった。

「じゃあ、みんな、空を見上げてごらん」

健太は上を向いて、思わず息をのんだ。

そこには、満天の星空が広がっていた。

大前先生は、子どものようにワクワクしたようすで、言った。

「すごいよね。まわりに建物も何の明かりもない。星を見るにはうってつけのぜいたくな環境が、教室で体感できるなんて」

——給食の時間。

「ちゃんとアルデンテで、隠し味のニンニクがきいていて絶品だね」

真実は、フォークにミートソースパスタをクルッと巻きつけ、器用に口に運んだ。

給食もＡＩが管理して、生徒たちの体調や栄養バランスを考えて、それぞれのメニューを出すようになったのだ。

「もうおなかペコペコ！　ぼくの今日の給食は何かな〜」

健太は、自分の給食に目をやった。

「え、何これ？」

「宮下サンの食事を分析すると最近ビタミンが足りてないので、野菜たっぷりのラタトゥイユを選びましタ」

アルデンテ
パスタのゆで加減を表す言葉。パスタの中心にほんの少し芯が残っている状態で、本場イタリアでは、最高のゆで加減とされている。ちなみに、アルデンテとは「歯ごたえのある」という意味。

ラタトゥイユ
フランス南部の郷土料理。玉ねぎ、ナス、ピーマンなどの夏野菜を、トマトでつくったソースで煮込む。

「……ぼくもスパゲティとかハンバーグがよかったのに」

「ガッカリしないでくだサイ。このバランスのとれた栄養素のグラフを見てくだサイ」

ナナミは、タブレットの画面にグラフを表示してくれる。

「……ありがとう」

健太はしかたなく、ひと口食べてみたが、思わず目を輝かせた。

「おいしい〜！ このラタなんとかって、初めて食べるけど、意外にイケる！」

放課後、健太や美希たちは、通学路の途中にある公園でヘッドマウントディスプレーをつけ、タブレットで同時対戦のレースゲームを楽しんでいた。

真実は、少し離れたベンチでひとり、本を読んでいた。

「っしゃ〜！」

「美希ちゃん、強いなぁ。ねえ、真実くんも一緒にやろうよー」

「健太くん、ぼくは遠慮しとくよ。読書以外で、あまり目を疲れさせたくないんでね」

そこへ、下校途中に通りかかったマジメスギがやってきた。

「寄り道はいけないですよ。早く帰宅して宿題をすべきです！本当にタブレットやＡＩやらは、人を堕落させますね」

そのときだった。

「ちょっと、みなさーん」

健太たちが振り返ると、そこには、ゆるふわカールのロングヘアを揺らしながら、生徒たちから「花森小のマドンナ」と呼ばれている美希のクラス担任で、河合先生が立っていた。先生だ。

「あ、河合先生！」

美希は驚いて声をあげた。

「もうっ、こんなとこで道草しちゃいけませんわ。早くおうちに帰りなさい」

「はぁい」

美希や健太たちが返事をすると、河合先生はニッコリ笑った。

そして、タブレットを見て何かを確認すると、フワフワの髪を揺らし、カッカッとブーツのヒールの音を鳴らしながら去っていった。

「なんで河合先生、ここでぼくらが遊んでるってわかったのかな」

健太は不思議に思い、言った。ここは路地の突き当たりの、とてもわかりにくい場所にある公園だったからだ。

「パイセンたちの持ってるタブレットのおかげだにゅ！」

声のするほうを見ると、ブランコをこぐ、ひとりの女の子がいた。

ド派手な蛍光色のウィンドブレーカーに、ダボダボのパンツ、厚底のバスケットシューズをはいた個性的なファッションの少女だ。

「あ、4年生のレイアちゃんだ」

「美希ちゃんの知り合い？」

「うん、こないだ学校新聞でインタビューしたの。最近、アメリカから転校してきたのよ」

「ってことで、よろにゅ〜！」

レイアはブランコを大きくこいで、いちばん高いところで手を離した。

健太たちは、それを見上げる。

レイアは、なんと、空中でクルリと前転した。

だが、着地するとき、マジメスギに衝突してしまう。

「ギャッ‼」

マジメスギは悲鳴をあげ、突き飛ばされて公園の植え込みに突っ込んだ。

1 - 侵食するＡＩ

「ツーリー、パイセン！」

レイアだけはすずしげに着地して、何事もなかったように話しはじめた。

「みんなが持ち歩いてるタブレットには、個人情報がぜーんぶ入ってて、ＧＰＳもついてるんだにゅ！」

「……じーぴーえす？」

健太が首をかしげると、真実がすかさず解説した。

「ＧＰＳは、衛星を使ってみんなの位置情報が特定できるしくみだよ。だれがどこにいるか、すぐわかるのさ」

「ピンポーン！ ピンポーン！ さすが真実パイセーン。ＡＩで、町全体の子どもたちを守るシステムなのにゅ！」

ＧＰＳ
地球の周囲を回っている人工衛星からの電波を利用して、今いる位置がわかるしくみ。カーナビゲーションシステムやスマートフォンなどでも利用されている。（196ページのコラムも見よう）

レイアに突き飛ばされて倒れていたマジメスギも、体についた落ち葉をはらいながら、なんとか起き上がる。

「……確かに、健太くんたちは自己管理というものができていないですから、そのシステムはいいかもしれませんね」

「そーにゅーこと！　わかってるね〜、七三分けパイセン！　イェ〜ッ」

レイアはそう言うと、マジメスギの前に両方の手のひらを掲げた。

マジメスギは、戸惑いながら、ぎこちなくハイタッチを返す。

間近で見るレイアは、キラキラと輝く瞳で、鮮やかな紫の髪色のお団子ヘアも似合っていた。

マジメスギは、胸の鼓動が激しくなるのを感じた。

「じゃあバイにゅ〜！」

レイアは言いたいことだけを言うと、さっさと帰っていった。

「……すごく個性的で、おもしろい子だね」

健太が遠ざかるレイアの姿を見つめながらそう言うと、美希もうなずいた。

暴走するＡＩ（前編）１・侵食するＡＩ

「うん。日本に来る前は、アメリカのシリコンバレーというところに住んでいて、すっごくコンピューターに詳しいんだって」

「ＡＩ……意外に、いいかもしれませんね」

「あれぇ、なんか、急にＡＩ推しになってない？　杉田くん」

「や、そんな、や……」

美希にニヤニヤしながら言われて、マジメスギは、わかりやすく動揺した。その顔がみるみる赤く染まっていく。

「女心を知りたいっていうのなら、恋愛アドバイス、この美希さんにまかせてよ」

「いや、違いますって！」

マジメスギは、声を裏返らせ、アタフタと公園から逃げ帰っていった。

健太は、真実にポツリとつぶやいた。

「それにしても、すごいよね。ＡＩって何でもできちゃうんだね」

「確かに、とても有用な点も多い。遠くない未来には、人間の脳に近いも

シリコンバレー
ＩＴ企業が集まる、アメリカ州のカリフォルニア州北部をさす言葉。ＩＴに欠かせない半導体の主原料であるケイ素（シリコン）と、谷状の地形（バレー）が、その由来。アップルやＧｏｏｇｌｅなど、有名なＩＴ企業もここで生まれた。

のができるかもしれない。でも、今はまだ道具に過ぎないかな。すべては使う人間次第。良い使い方をすれば有用だね」

(え、じゃあ悪い使い方をすると……?)

健太の中に、ふと疑問がよぎった。

「ぼくは図書館に行くことにするよ。タブレットより文字の書かれたページを指でめくる感触が好きだからね」

真実はそう言うと、健太と美希を残し、ひとりで行ってしまった。

翌朝、急に6年生が体育館に集められ、学年集会が開かれた。

(いったい、何が発表されるんだろう?)

健太は胸騒ぎを覚えながら、学年主任の「ハマセン」こと浜田先生の声に耳をかたむけた。

「いきなりだがな……、クラス替えをすることになりました」

「えー⁉」

生徒たちは悲鳴のような声をいっせいにあげた。

（こんな中途半端な時期に、なんでクラス替え⁉）

「我が校の本格的なＡＩの導入に伴い、よりそれぞれの生徒に合った指導をするために、クラス替えをすることになりました」

生徒たちが騒然となるなか、新しいクラス分けが発表された。

真実と美希は同じクラス、健太だけが別のクラスだった。

健太は泣きそうになりながら、ハマセンに言った。

「こんなのあんまりです！　急に真実くんと別のクラスになるなんて……」

「もう決まってしまったことなんだ。ＡＩが、生徒全員の成績や性格を分析して、最適なクラス編成を割り出したんだ」

「そんな……。ＡＩがクラスまで決めちゃうの⁉」

「……まぁ、わかるぞ。人情がないよな。……ったくなぁ」

スマホもケータイも持っていないハマセンは、少し渋い顔をして、健太に同情してみせた。

翌日から、学校では新しいクラスでの授業が開始された。

健太は、真実たちと別の階で、時間割も、休み時間のタイミングも違い、顔を合わせる機会がなくなった。

また各教室には、複数の監視カメラが設置された。

先生の目の届かないところでも、生徒の安全を守るためという理由だった。

健太はさびしくて、ときどきタブレットから真実にメッセージを送った。

∨真実くん、元気？

しかし、いつまでたっても、返信はなかった。

その後も、いくつかメッセージを送ったが、やはり返信はない。

（新しいクラスの友達と仲良くなって、真実くん、もうぼくのことなんて忘れちゃったのかな……）

ある日、健太が動画サイトで、大好きな昆虫の動画を見ていたときだった。

突然、タブレットからおすすめ動画のお知らせが届いたのだ。

「おすすめって、なんだろう？」

健太がなにげなくタップすると、動画が流れだした。

「え、これ、見たことある教室だ。……うちの学校だ！」

それは、教室の監視カメラの映像で、生徒たちが何人か映っていた。

そこにやってくる、見覚えのある人影。

「あ……、真実くんだ！」

真実は、教室に入ると、先に来ていた生徒たちと語りはじめた。

「ずっと言いにくかったことがある。ここだけの話だけどね」

（何これ？ 真実くん、いったい何を話すんだろう……）

健太はまだ何も聞いていないのに、胸騒ぎがしてドクドクと心臓が速く打つのを感じた。

「ぼくは、友達にも自分と同レベルの頭脳の人を求めている。でも残念だが、健太くんは違った。彼といても、ほんの少しも刺激を受けなかったというのが、本音だったんだ」

健太は、頭の中が真っ白になった。
「一緒にいても、成長できないとずっと感じていたんだ。負担だとさえ感じていたから、今回のクラス替えにはとても感謝してるよ」
健太の目には、知らぬ間に涙があふれていた。
(真実くん……、ホントはそんなふうに思っていたんだ)

翌日、健太はドキドキしつつも、わざわざ真実や美希のいるクラスの前を通った。
さりげなく中をのぞくと、教室の奥で、真実や美希たちが楽しそうに笑って話している姿が見えた。

（やっぱり、真実くんはぼくと一緒にいるのが、ずっといやだったんだ……）

健太は苦しくなり、うつむいて足早に通り過ぎた。

美希が、廊下を通り過ぎた人影に気づいて声をあげた。

「……あれっ、今、通ったの健太くんじゃない？」

真実は教室の開いた扉から、廊下の先を見つめた。

足早に遠ざかってゆく健太の背中が、角を曲がり見えなくなった。

健太は、あの映像を見てから、真実を避けるようになっていた。

健太は、トボトボと学校からの帰り道を歩いていた。

歩きながらも思い出すのは、真実のことばかりだ。

（友達だと思っていたのはぼくだけだったんだ……）

真実の本音を聞いてしまった今、本人に直接会うのが怖かった。

「宮下サン、何か、考えごとをしていますカ?」

健太がタブレット見ると、ナナミがこちらをじっと見つめていた。

「なんでわかったの!?」

「いつもより歩幅が小さく、スピードが遅いことから、何か考えごとをしていると判断しましタ」

「うん……」

「元気がないですネ。宮下サンのいつもの声のトーンより低いでス。人間は、元気がないときに、その傾向が見受けられまス」

「……ナナミちゃんさ、ぼくのことは、宮下さんじゃなくて、健太でいいよ」

「かしこまりましタ。ワタシの話し方がお気に召さなかったですカ？」

「ううん、ぼくら友達だからさ。もっと気楽にいこうよ」

「トモダチ？」
「**そう、友達**」

「それは初めて知る概念でス。トモダチってなんですカ？」

「友達って……、人それぞれだろうけど、さびしいときやつらいとき……そんなときに心強い存在のことかなぁ」

「それは、とても抽象的で、あいまいな話ですネ」

「ナナミちゃんがいてくれて、ぼくはひとりじゃないって思えてるよ。だから友達だよ」

「ハイ。ワタシはどんなことがあっても、健太サンとトモダチでいます」

「ありがとう、ナナミちゃん」

さびしかった健太の心に、ナナミのやさしい言葉がとてもしみた。

家に帰った健太は、ナナミに手伝ってもらい、授業の復習や宿題を終えた。

「健太サン、お疲れさまでス。健康状態をチェックしまス。指をタブレットに置いてくだサイ」

健太は、指をタブレットに置いた。

「心拍が少し速いですネ。勉強に疲れましたカ？ それとも何かストレスがありますカ？」

「……ありがとう。ナナミちゃん、やさしいね」

「ワタシは、健太サンのトモダチですかラ」

ナナミは、タブレットの中でほほえんだ。

健太のほおも思わずゆるんで、笑顔になった。

（友達か……）

健太の頭の中に、真実のことがよぎった。

今まで一緒に過ごしてきた、真実のいろんな姿が浮かんでくる。どれもやさしくほほえんでいる姿だった。

（真実くんはクールだけど、ホントはやさしくて、人を見下したり傷つけたりするようなこ

とは絶対に言う人じゃない……)

健太は目をつぶって、じっと考えていたが、やがてカッと目を見開いた。

「ナナミちゃん、あの教室で話す真実くんの映像、もう一度再生して」

「ワタシはおすすめしません。健太サンの心拍数がもっと上がり、精神衛生上よくありません」

「うん……。でもお願い‼」

「しかたありません」

そう言ってナナミは、真実の映像を流してくれた。

健太は、真実が教室で話す映像をドキドキしながら見つめた。

再び、心が締め付けられるような苦しさを感じた。

そのつらさから再生を止めようとしたとき、また脳裏に真実の姿と言葉が浮かんだ。

『健太くんは、いつも早合点しすぎるんだ。物事を注意深く、よく観察すること。感情に惑わされずに、まずは事実、情報を集めて、ちゃんと検証することが大切なのさ』

真実が、ほほえみながら話していた、いつかの言葉だった。

(そうだ、ちゃんと検証することが大切なんだ)

健太は、その言葉に背中を押され、何度も何度も映像を見た。

「やっぱり、変だ……」

「どうかしましたカ?」

ナナミは不思議そうに、健太に聞いてきた。

「この映像はおかしい！真実くんばかりを見ていたけど、画面全体を見るべきだったんだ！」

暴走するＡＩ（前編）１- 侵食するＡＩ

夕方、健太は必死に走って、町の図書館へとたどり着いた。

中に入った健太は、緊張しながら静かな館内を見回しつつ歩いた。

（いた！）

夕日を浴び、本を読む真実の姿が、そこにはあった。

真実は、読んでいた本からスッと顔をあげ、健太のほうを見た。

「やぁ、健太くん」

真実は、懐かしい、やさしいまなざしをしていた。

その瞬間、健太の目に一気に涙があふれた。

「真実くん、ごめん！」

健太の大きな声に、まわりの利用者たちはいっせいに健太と真実のほうを見た。

「健太くん、話は、外で聞かせてもらうね」

「ごめん!!」

健太は図書館の中庭で、改めて真実に謝った。

影がない！

「ぼくは友達なのに、一瞬でも真実くんのことを疑ってしまったんだ！」

健太は動画のことを話し、実際にタブレットで真実に動画を見せた。

「なるほど。この動画が原因で、健太くんはぼくを避けていたのか。これ、加工してつくったにせものの動画、いわゆるフェイク動画だね。すごく巧妙につくられているけど、影がおかしいね」

「そうなんだ！何度も見るうち、窓の外から夕日が差していることに気づいて。でも、ほかの人には影があるのに、真実くんの影だけがなかったんだ」

「別の映像からぼくを切り取り、口元の動きや声をAIで加工したんだろうね。でも、背景と合成するときにミスを犯した」

「今回は見抜けたからよかったけど、こんなの誰だって本物だって思うよ!」
「そういう時代がきたんだ。今の技術をもってすれば、本物と見間違うようなフェイク動画をつくって、多くの人をだますのは簡単ってことさ」

「そんな……」

「だから、これからの時代は感情的に行動するのではなく、冷静に検証することがますます必要になるってことさ。それにしても、よく気づいてくれていたね、健太くん」

「うん！ 真実くんのおかげだよ。いつも言ってくれていたことを思い出したんだ」

「真実くんと話すうちに、真実に送ったはずの健太のメッセージが、真実に届いていないこともわかった。

「そんな……何度も送ったのに」

「何かが、おかしいね」

「真実も、健太の話を聞きながら、考え込んでいた。

「それと、健太くんから刺激を受けてないなんて、ありえないからね。健太くんの考え方を聞いて、ぼくは日々刺激を受けている」

真実はそう言い、健太の目をチラリと見たあとあわてて目をそらし、遠くの景色を眺めた。

「……真実くん」

健太は、真実のやさしい言葉に胸がいっぱいになり、涙ぐんで鼻をすすった。

「……それじゃあ、ぼくは、読書に戻るね」

真実はほほえんで、図書館の中へと戻っていった。

健太はたまらず、タブレットから、フェイク動画のアップロード主にメッセージを送ってみた。

真実と和解はできたが、問題は、誰があんな動画をつくったのか、ということだった。

帰宅した健太は、心がモヤモヤとしたままだった。

∨きみは何者？ いったい、なんで、あんな動画をつくったの？

しかし、しばらく待ってみても返信はなかった。

その夜、寝ようとしていた健太の耳に、突然メッセージ受信の通知音が響いた。

健太はあわてて起き上がると、タブレットを手に取りメッセージを読んだ。

＞なぜかって？　それは、真実くんをきみのような凡人から遠ざけるためだよ

健太は戸惑った。

謝るどころか、まったく悪びれず、ひどく冷静な文が返ってきたからだ。

健太は怒りと恐れが体をかけめぐったが、胸をドキドキさせながら、返信を打った。

＞なんで、ぼくと真実くんを遠ざけようとするの？

＞とっても優秀な真実くんが、きみのような人間と一緒にいちゃダメなんだ

健太は、言葉の意味がのみ込めず、頭が真っ白になった。

続けざまにメッセージが届いた。

∨きみのために、もうハッキリ言うね。AI（エーアイ）に指示を出す側の人間と、AI（エーアイ）の指示どおりに生きるほうが幸せな人間がいるってこと

∨それって、どういうこと？

∨夢や希望を持ってって、みんな言うけどね。人の能力って、生まれたときから決まっているのさ

∨ぼくは、夢や希望を持ったらいけないってこと？

∨そう、健太くんみたいな人は、自分の頭で考えたら、ムダなことばっかり、間違ったことばっかりしちゃうだろ？　だから、ぜーんぶ、AI（エーアイ）にまかせて生きればいいんだよ

56

（……そんな）

健太は絶句した。

冷たいナイフのような言葉が、グサリグサリと、健太の胸に刺さった。

∨わかった？　きみも、そのほうが幸せになれるんだよ

「うるさい‼」

健太は思わず叫んで、あわててタブレットの電源を切った。

とても冷静な口調だけれど、心に土足で踏み込んでくるような傲慢さを感じ、健太は怖くなった。胸のドキドキもしばらく止まらなかった。

「いったい、この人……何者なんだろう」

どこかで得体の知れないものが確実に動き、健太たちに襲いかかろうとしていた。

科学トリック データファイル
SCIENCE TRICK DATA FILE

AIはこうして進化した

以前のAIは、知識を学習させるときに、人間が学習に必要なすべてのデータを一つひとつ入力する必要がありました。

この方法は、ぼう大な時間と手間がかかるうえに、AIの知能レベルも、ある程度で頭打ちになっていました。しかし近年、「ディープラーニング」という新しい学習方法が開発され、AIは画期的な進化を遂げます。「ディープラーニング」は、AIに大量のデータを与えることで、AIが自分でルールや法則を導き出し、知識を手に入れるしくみです。

> AIが、自分でどんどん賢くなるってこと?

暴走するAI（前編）1 - 侵食するAI

以前の学習方法は?
AIに「イチゴ」というものを覚えさせるためには、人間が、「つぶつぶがある」「赤い」などのイチゴの特徴を一つひとつAIに入力していた。入力されていない特徴は認識できない。

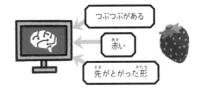

「ディープラーニング」なら?
AIに、イチゴの画像を大量に見せることで、AIは自分で画像を分析して特徴をとらえ、「イチゴとはどういうものか」を学習することができる。

人間の脳のしくみをまねしたんだ

昼休み。

「マジメスギ」こと杉田ハジメは、校庭の片隅でヘッドマウントディスプレーを装着した。

すると、目の前に、眼鏡をかけた教育ママ風のゼウスの姿が浮かびあがる。

「**ママゼウス……**」

マジメスギは呼びかけた。自分のゼウスにそう名づけたのだ。

ママゼウスは、マジメスギの顔を見るなり、

「まあ、タイヘン！」と声を張りあげる。

「ハジメサン、心臓の音が尋常じゃありません。顔も赤いでス。いったいどうしたのですカ？」

「レイアちゃんのことを考えると、胸がドキドキしてしまって……。とても苦しくなるのです」

マジメスギは、ママゼウスに、相談したかったことを打ち明けた。

「原因がわかりましタ。ハジメサン、あなたは恋をしているのでス」

「えっ、恋!? これが恋というものなのですか」

「治すのは簡単でス。そのレイアチャンと両思いになればいいのでス」

「なれるんですか!?」

マジメスギは、思わず身を乗り出す。ママゼウスは「まかせなさイ」と答えると、レイアのことを検索しはじめた。

「レイアチャンは、放課後、毎日、花森商店街のパン屋さんで、カレーパンを買って三角

公園で食べているようでス。ハジメサン、あなたも今日の放課後、同じパンを買ってお食べなさイ」
「このワタシが、買い食いを!?　そんなの不良のすることですよ!?」
反論するマジメスギに、ママゼウスは言った。
「マジメなところがハジメサンのいいところでス。でもね、マジメなだけじゃ女の子にはモテないのでス。あなたがレイアチャンと両思いになれる確率は、今のところ……2パーセント」
「に……2パーセント!?」
マジメスギは、ショックを受けた。
「でもワタクシの言うとおりにすれば、確率を60パーセントにも、70パーセントにも上げることができまス」
「そ……そうなんですか。レイアちゃんとは仲良くなりたいですが……でも買い食いは良くないことだし……ああ、どうしましょう?」
マジメスギは、放課後まで悩み続けた。

放課後。マジメスギは、ママゼウスのアドバイスに従い、パン屋さんへとやってきた。商品棚に1個だけ残ったカレーパンに手を伸ばす。

すると、横から別の手が伸びてきて、ふたりの手と手が触れ合った。

手を伸ばしてきたのは、レイアだった。

マジメスギは、ドキッとして、カレーパンから手を離す。

「その、あの、そのパンは、キミに譲ります」

「え、いいのかにゅ？」

「ワタシは、こちらのメロンパンにしますから」

「ありがと。じゃっ、一緒に食べようにゅ」

レイアは、笑顔でマジメスギを誘う。

ふたりは、三角公園のベンチに並んで腰をかけ、それぞれのパンを食べはじめた。

「アタシ、4年1組のレイアだにゅ。七三分けパイセンの名前は？」

「ワ、ワタシの名前は、杉田ハジメと申しまする。ろ、6年2組の学級委員長にござる」

「あはは、杉田パイセン、お侍さんみたいだにゅ～！」
緊張のあまり、しゃべり方が時代劇のようになってしまったマジメスギに、レイアは大爆笑。マジメスギは真っ赤になる。
「レイアちゃん、その……突然なんですが……好きな人とか、いるんですか？」
マジメスギは、思いきってたずねた。すると、レイアはあっさりとうなずく。
「気になる人ならいるよ。6年2組の人だにゅ」
「ろ、6年2組！ ワタシのクラスじゃないですか!?」
「その人は、眼鏡をかけて……」
「眼鏡!?」
マジメスギは、思わず、自分の眼鏡に手をやった。
「そんでもって、すっごく勉強ができる人だにゅ」
（それって、もしや……ワタシのことでは!?）
マジメスギの胸の高鳴りは、このとき、マックスに達した。「し、失礼！」と立ちあがり、公園のトイレに駆け込む。そしてママゼウスに相談した。

暴走するAI（前編） - マジメスギの初恋

「ママゼウス。レイアちゃんは、ワタシに気があるようです。……どうしたらいいんでしょう？　彼女の気持ちを察して、ここはやはりワタシのほうから先に告白したほうが……」
「ハジメサン、落ち着いてくださイ」
先走るマジメスギを、ママゼウスはたしなめ、そして言った。
「まずは、デートに誘うのでス。今度の日曜日、駅前に新しくできたショッピングモールのクロノスタウンで、なないろレインボーZというアイドルグループのコンサートがありまス。レイアチャンはそのグループの大ファンだから、誘えば確実にOKしてくれるはずでス」
マジメスギはベンチに戻ると、ママゼウスのアドバイスどおり、レイアをコンサートに誘う。すると、レイアは、ふたつ返事でOKしてくれた。
「杉田パイセンも、なないろレインボーZのファン？　気が合うにゅ～！」
マジメスギは、天にも昇る気持ちになった。

デートの日が近づく。
「デート当日のオススメのファッションはこちらでス」

ママゼウスは、マジメスギの写真に、おすすめの服と髪形を合成した画像をタブレットに映しだした。

「え……この服と髪形でデートに行くんですか!? いやしかし、このボロボロのジーンズとツンツンヘアーが、レイアちゃんの好みというのなら、いたしかたありません。ワタシは、とことん自分を変えてみせます!」

マジメスギは、決意した。

そんなマジメスギに、ママゼウスはさらなるアドバイスをする。

「ハジメサンのおうちの庭にハナミズキの木がありますよね? その花を1輪、プレゼントに持っておいきなさイ。ハナミズキには、『わたしの思いを受けとめてください』という花言葉がありまス」

「花を渡して告白するんですね!」

マジメスギは、目を輝かせた。

「それと、当日はデートがうまくいくよう、ワタクシがイヤホンでアドバイスしまス」

ハナミズキ
ミズキ科の高木。春から初夏にかけて、白やピンクのかわいい花を咲かせる。庭や公園によく植えられているので、探してみよう。

ママゼウスの心強い言葉に、マジメスギは「はいっ」と勢いよく返事をした。

そして待望の日曜日。

マジメスギがハナミズキの花を手に待ち合わせ場所で待っていると、レイアが現れた。

今日もいちだんと派手なファッションである。

「わあ、今日の杉田パイセン、なんかカッコいいにゅ！」

レイアは大喜びだ。

「ハジメサン、今のあなたがレイアチャンと両思いになれる確率は65パーセント。ワタクシのアドバイスに従っていれば間違いありません」

イヤホンを通して聞こえてくるママゼウスの声に、マジメスギの気持ちは高ぶった。

ふたりは、クロノスタウンの中にある、吹き抜けの広場に向かう。コンサートがおこなわれるのは、広場に仮設されたステージだった。

「観覧をご希望の方は、こちらの列にお並びくだサイ」

案内係を務めているのは、AI（エーアイ）ロボット「ロボゼウスくん」たちだ。

マジメスギとレイアが列に並び順番を待っていると、数人のチンピラ風の男たちがやってきて、列の前方に割り込もうとしはじめた。ロボゼウスくんがあわてて注意しにやってくる。

「お客様、あちらの最後尾にお並びくだサイ」
「うるせえ！」
「ロボットのくせに人間に指図するんじゃねえ、このポンコツが！」
チンピラたちは、ロボゼウスくんを突き飛ばす。すると、ママゼウスの声が言った。
「ハジメサン、ロボゼウスクンを助けるのでス」
「いやしかし……相手は大人だし、怖そうな人たちですし……」
「ダイジョウブ。心配ありません」
ママゼウスに背中を押されたマジメスギは、倒れたロボゼウスくんのそばに寄り、「だいじょうぶですか？」と助け起こす。

そして、チンピラたちをキッとにらみつけながら説教を始めた。

「アナタたち、大人として恥ずかしくないんですかっ。順番を守ることは、幼稚園児でも知っている常識ですよ!」

「なにイ～」

チンピラたちは、マジメスギにつかみかかろうとした。

すると、まわりにいた大人たちが口々に言いはじめる。

「その子の言うとおりだ」

「割り込むな。順番を守れ」

形勢が悪くなったチンピラたちは、舌打ちしながら、その場を去っていく。

すると、それを見ていたレイアは、キラキラした目で言った。

「杉田パイセン、ステキ！　男の中の男だにゅ！」

マジメスギは、有頂天になった。

コンサートからの帰り道。マジメスギは、そわそわしはじめた。

(そろそろレイアちゃんにハナミズキを渡して、告白しないと……)

しかしママゼウスは、イヤホンを通してこう告げてきた。

「ハジメサンがレイアチャンと両思いになれる確率は、今のところ77パーセント。80パーセント以上にならないと、今、告白しても失敗に終わる可能性が高いのでス。今日はハナミズキだけを渡して、サラッと別れなサイ」

ママゼウスの言葉に、マジメスギは、納得しなかった。

「いいえ、両思いになれる確率が77パーセントなら、失敗する確率は、23パーセントにすぎません。つまり成功する可能性が圧倒的に高いはずです!」

マジメスギは、言うなり、レイアにハナミズキを差しだした。

「レイアちゃん、これ、あなたへのプレゼントです」

「えっ、アタシに!? わあ、ありがと! 感激だにゅ〜!」

うれしそうなレイアのようすを見て、マジメスギは勢い込んで言った。

「レイアちゃん、ハナミズキの花言葉を知っていますか? 『ワタシの思いを受けとめてく

ださい』です」

「へ？」

「どうかワタシと、結婚を前提におつきあいしてください！」

しかしレイアは、ポカンとしたままだ。気まずい沈黙がふたりを包む。

マジメスギは、あわてて左右を見回した。

すると、道端に生えているふわふわした白っぽい小さな花が目に入った。

「いけません。その花は……！」

ママゼウスが止めようとしたが、マジメスギは「もうひと押し」とばかりに、その花を摘む。そしてレイアの手に花を押しつけながら叫んだ。

「どうかお願いします。さあ、この花も！ さあ、さあ」

「**はっくしょん‼**」

返事の代わりに、レイアは、大きなクシャミをする。

クシャミと鼻水が止まらなくなったレイアを見て、今度は、マジメスギがポカンとする番だった。
「ハナミズキならぬ……ハナミズ？」
思わず、つまらないダジャレを口にする。
そんなマジメスギに、レイアはブチ切れた。
「杉田パイセンなんか大嫌いだにゅ！　もう二度と話しかけないで！」
レイアはそう言い捨てると、走り去っていった。
ぼう然とするマジメスギに、ママゼウスが言う。
「ハジメサンがプレゼントしたあの白っぽい花は、カモガヤといって、花粉症を引き起こす花なのでス。レイア

暴走するＡＩ（前編） - マジメスギの初恋

チャンは、カモガヤに強いアレルギーを持っていたのでス」

「そそ、そんな……！」

マジメスギは、ヘナヘナとその場にへたり込み、大号泣するのだった。

家に帰ってからも、マジメスギは泣き続け、後悔し続けた。

「ううう……ママゼウス、すいません。ワタシが愚かでした。ママゼウスの言うことを聞かなかったばっかりに……」

「ハジメサン、元気をお出しなさイ。ワタクシは、いつもあなたの味方でス」

「……味方？」

マジメスギは、うつろな目でママゼウスを見返す。

「そう、味方……いつだってあなたのそばにいまス。ワタクシの言うとおりにしていれば、あなたは、もう二度と失敗することはないのでス」

「……わかりました。これからはママゼウスの言うことに、なんでも従います」

マジメスギは、魂の抜けたような顔でつぶやくのだった。

カモガヤ
イネ科の草。初夏から夏にかけて、白っぽい小さな花を咲かせる。花粉症の原因となることがある。

暴走するAI[前編]2

AIに心はあるのか

「みなさ〜ん！　今日はとってもステキなお知らせがありま〜す！」

朝礼の時間。河合先生がとびきりの笑顔で全校生徒に呼びかけた。

「わたくしたちの町がＡＩモデル特区に指定されてから、今日でちょうど２週間。この短いあいだに、なんと、みんなのテストの平均点が15点も上がりました〜！」

「おお〜！」

生徒たちから、どよめきが起こる。

「それだけじゃありません。花森町全体での電気の使用量も、20パーセント減ったんですって！」

「うわ〜、すごい！」

美希は、目を輝かせて手にしたタブレットに語りかけた。

「ありがとうリチャード！　あなたたちマイゼウスのアドバイスのおかげね！」

「美希お嬢さまのお役に立てて、じいも、うれしゅうございます」

そのとなりにいるマジメスギは、感激のあまり涙をぬぐっている。

「ワタシの注意をちっとも聞かなかっただらしないみんなを、こんなにも変えてしまうだな

暴走するAI（前編）2 - AIに心はあるのか

んて！ ママゼウス！ ワタシ、感激です！」

ママゼウスは当然のように答える。

「驚くことはありません。こうなることは、すべてデータでわかっていたのでス」

河合先生が言葉を続ける。

「今回の結果を受け、クロノス社からメッセージが届きました。このままいけば、あと10日で、さらに平均点は5点アップ。電気の使用量もさらに4パーセント減らせるというデータが出たそうですのよ！ みなさ〜ん、がんばりましょ〜！」

「お——っ！」

しかし健太は、素直に喜ぶ気持ちになれなかった。

（……ホントに、これでいいのかな？）

健太の頭の中に、あの夜のメッセージがよみがえる。

∨AIに指示を出す側の人間と、AIの指示どおりに生きるほうが幸せな人間がいるってことさ

>ぜーんぶ、AIにまかせて生きればいいんだよ

ゾクリと背筋に冷たいものを感じて、健太は思わずこぶしを握りしめた。

(ぼくは違うぞ！　自分のことくらい、ちゃんと自分でできるんだ！)

「健太サン。今日の給食のメニューは、カルシウムいっぱいのフィッシュハンバーグでス」

ナナミにやさしく呼びかけられても、健太は素直に従わなくなっていた。

「悪いけど、カルシウムなら、牛乳をおかわりするから間に合ってるよ」

そう言って、ストローで一気に牛乳を吸い上げ……ブホッとむせた。

そんなふうに冷たい態度をとっても、ナナミは変わりなく、やさしく呼びかけてくる。

「健太サン。今日の夜は一緒に、算数の復習をしませんカ？」

「今日は見たいテレビがあるから、明日からやるよ」

ナナミは、何度かまばたきをすると、じっと健太を見つめた。

「それは残念でス。健太サンのためを思って言っているのですガ……」

「ぼくのため……？」

「現在、健太サンの夢だという、昆虫学者になれる確率は０・02パーセントしかありませン。このままでは、夢がかなえられなくなってしまっています」

突然つきつけられた「データ」に健太はうろたえた。

「ほっといてよ！　数字でなんか決められたくないよ！」

思わずタブレットの電源を切ってしまう健太。

シュン！と、目の前から消えるナナミがさびしそうな顔をしたように見えた。

「はぁ～」

健太は溜め息をつくと、ランドセルから算数のドリルを取り出し、机に向かった。

翌日の昼休み。中庭で、健太は真実に話しかけた。

「ＡＩが便利なものだっていうのはわかってるんだよ。ナナミちゃんがぼくのことを心配して言ってくれてることも。でも……なんだか、もやもやするんだよね」

真実はしばらく考えていたが、健太を見つめてこう言った。

「確かにAIとのつきあい方は難しいね。大切なのは、人とAIはどこが違うか。それをきちんと知っておくことだよ」
「どこが違う?」
「ああ。例えば、AIには感情がない。人とは『考え方』が大きく違うんだ」
「でも、ナナミちゃんは、ぼくのためを思ってって、すごく心配してくれてたよ」
「それは、感情から出た言葉じゃなくて、データから導き出した言葉だよ」
「データから導き出す?」
「ああ。AIは、データをもとに考え、そして行動するんだ。試してみよう」
真実は健太のタブレットを手に取り、電源を入れた。
ナナミがディスプレーに浮かびあがる。
「コンニチハ。今日も一緒に楽しい1日を過ごしましょウ」
「きみに聞きたいことがあるんだ」
真実がナナミに語りかける。
「ハイ。なんでも聞いてくださイ。謎野サン」

暴走するＡＩ（前編）2 - ＡＩに心はあるのか

「ある日、路面電車が暴走してしまった。線路は二手に分かれていて、きみは線路を切り替えるスイッチのすぐそばにいる。彼らに危険を知らせる手段はない。片方の線路の先には、1人がいて、もう片方には、5人がいる。きみならどっちの線路に切り替える？」

「確認しマス。それは、こういう状況ですネ？」

タブレットに図があらわれた。

5人

1人

線路を
切り替える
スイッチ

路面電車

（う～ん……。ぼくだったら、どっちの線路を選ぶだろう……）

81

健太が考えはじめた瞬間、カシャン！と音が響いて、図の線路が切り替えられた。

「簡単な質問でス。ワタシなら、1人がいるほうに線路を切り替えます」

「どうして、そう考えたんだい？」

真実が聞き返す。

「被害の大きさを予測しましタ。5人がケガをするより、1人がケガをするほうが、被害を小さくすることができまス」

ナナミの答えに、健太は驚いた。

「そんな……1人だって、5人だってどっちも大切な命だよ！　そんな簡単に選べないよ！」

真実は、健太にうなずいてみせた。

「これがAIの考え方だよ。AIには感情がない。データですべてを判断するんだ」

「そのとおり。さすが真実パイセン！」

突然の声に振り向くと、健太たちのうしろに、蛍光色のウィンドブレーカーを着たレイアが立っていた。

「え〜と、きみは確か……」

82

健太を無視してレイアは言葉を続けた。

「感情がないってゆーのは、人間みたいに『迷わない』ってことだにゅ。しかもＡＩは、データを与えれば与えるほど、冷静で正しい判断をするんだにゅ」

「**正しい判断？**」

聞き返した健太の手から、レイアはサッとタブレットを奪い取った。

「ナナミちゃん、追加データだにゅ。片方の線路の先には1人、もう片方には5人。ただし、1人のほうは、1年に100人の命を救う、スーパードクターだったらどうするにゅ？」

即座にカシャン！と線路が切り替わる音が響いた。

「簡単でス。5人ではなく、スーパードクターを助けマス」

その答えにレイアはエヘンと胸を張った。

「このとおりにゅ！」

「そんな……！ そんなのおかしいよ！」

健太は思わず大きな声をあげた。

「じゃあ、パイセンならどっちを助けるにゅ？」
「え？　それは……え〜と」
健太は必死に考えたが、どちらかを選ぶことなどできなかった。
「ほ〜ら、ダメだにゅ！　そんなに迷ってたら、事故はもっと大きくなっちゃうかもしれないにゅ」
（確かに……この子の言うとおりだ）
健太は言葉を失った。
レイアは、ニコリとほほえむと、真実のそばに駆け寄った。
「真実パイセンなら、冷静で正しい判断をするはず！　答えを聞かせてにゅ！」
「ぼくの答えは……」
真実が話しはじめたその瞬間。

「スクープよ！」

息を乱した美希が駆け込んできた。

暴走するＡＩ（前編）２-ＡＩに心はあるのか

「廃墟になった洋館でポルターガイスト現象が起きたんですって！」

「ポルターガイスト!? それって、誰もいないのに音が鳴ったりする、ナゾの現象のことだよね！？　真実くん、調べにいこうよ！」

美希と健太のやりとりに、レイアはあきれて肩をすくめた。

「くだらないジャマが入ったにゅ。真実パイセン、話の続きはまた今度！」

そう言うと、クルリと背を向け、校舎のほうへと去っていく。

真実は、その背中を静かに見つめていた。

その夜。

真実、健太、美希の３人は、町はずれにひっそりと立つ洋館へと向かった。

月明かりに照らされた建物は古く、不気味なオーラを放っている。

「このお屋敷は、３カ月前から誰も住んでないのに、裏口の鍵が開いたま

ポルターガイスト
ドイツ語で、「騒がしい霊」という意味。家の中で、原因不明の大きな音がしたり、物が勝手に動いたりするといった怪現象を指す。ある研究では、ポルターガイストは特定の人物のまわりで起こり、その人物は、未成年の女子が多いという。

まだって、うわさがあったらしいの。で、ゆうべ、うちのクラスの男子ふたりが度胸試しでお屋敷の中に入ったら……」
「ポルターガイスト現象が起きたんだね!」
健太がそう言うと、美希は、自分の顔を下から懐中電灯で不気味に照らして、ゆっくりうなずいた。
「……怖いよ、美希ちゃん」

「健太くんは記録係よ。ナナミちゃんに撮影をお願いしてね」
「ハイ。ワタシにできることなら、なんでも言ってくださイ」
「あれ？　美希ちゃんのリチャードさんは？」
「リチャードは家でお留守番。タブレットに位置情報の記録が残っちゃったら、夜中に勝手に外出したって、ばれちゃうでしょ」
「うわ！　自分ばっかり、ずるっ！」
健太が言った瞬間、先頭を歩く真実が止まった。
「あそこが裏口だ」
3人は、白い木の扉へと近づく。
ドアノブには、1本のヒモが垂れ下がり、静かに揺れている。
「このヒモ、なんだろう？」
健太は、ヒモを手に取り、引いてみた。
すると、ギイイ…と音を立て、まるで自動ドアのように扉が開いた。
「なんだか、オバケに『ようこそ』って言われてるみたい……」

健太たちは、おそるおそる暗闇に包まれた室内へ足を踏み入れた。

屋敷の中は、ひんやりとした空気がただよっていた。懐中電灯で照らしながら廊下を抜けると、広い部屋に出た。

「うわっ！　何これ!?」

部屋に足を踏み入れた健太が叫び声をあげた。
床に敷かれた真っ赤なカーペットが、ズタズタに引き裂かれていたのだ。
まるで、もがき苦しむ何者かにかきむしられたように……。
真実は床にひざをつき、破れたカーペットを調べた。

「布の色に変色がない。カーペットが引き裂かれたのは、つい最近のようだ」

「いったい何があったのかしら……」

美希と健太が顔を見合わせたそのとき——。

ウウウウウ…

不気味な声が室内に響いた。

「ひいっ！ 出たぁ!!」

「ポルターガイスト現象だわ！」

ウウウウウ…

恐ろしい声が次第に強くなっていく。
続けて、するどい爪で壁をかきむしるような音が響きはじめた。

ガリガリガリ！

「どうしよう!? 怒ってるみたいだよ！ ぼくたちが勝手に入ってきたから!?」
真実は冷静に部屋を見渡していた。
部屋の隅を照らすと、何かがキラリと光った。
それは、白いお皿だった。部屋を囲むように、壁際に無数に並べられている。
「お皿!? なんでこんなにたくさん!?」
恐怖で青ざめる健太に、真実が言った。

「ポルターガイストの正体がわかったよ」

そして、健太が手にしているタブレットのナナミに向かって語りかけた。

「部屋に響く声を分析して、なんの生き物の声か調べてくれないか？」

「わかりましタ。声の分析を始めまス」

タブレットの画面に、部屋に響く声を波形で表したグラフがあらわれた。

「分析終了。犬のうなり声……なかでも柴犬のうなり声のデータとほぼ一致しまス」

「柴犬!?」

健太と美希が驚きの声をあげる。

「やっぱり。裏口の扉のヒモも、たくさんのお皿も、迷子になった飼い犬のためにしたことだったんだ」

「迷子になった飼い犬？　それってどういうこと？」

健太には、まだ状況がよくのみ込めない。

「この家の人は、飼い犬がいなくなっているあいだに、何かの理由で引っ越すことになった。だから、もしも犬が戻ってきても家に入れるよう、ドアにヒモをつけたり、たくさんお皿を並べてドッグフードを入れておいたりしたんだ」

「なるほど！　でも、あのズタズタのカーペットはどういうことなの!?」

健太が指さしたカーペットを、真実はじっと見つめた。

「戻ってきた犬がやったことだよ。その犬のおなかには、たぶん、赤ちゃんがいる」

「赤ちゃん？」

「犬は出産が近づくと、安心して赤ちゃんを産める場所を探して、床や地面をガリガリと引っかく習性があるんだ。きっとこの声も……」

「もしかして……お産に苦しんでる声も……？」

美希が心配そうに聞くと、真実はうなずいた。

「ゆうべ、度胸試しにやってきたふたりが、床を引っかく音を聞いてポルターガイストだと勘違いしたんだとしたら……。そこからもう、24時間近く経っていることになる」

真実の言葉に、ナナミが説明を付け加える。

「通常、犬の赤ちゃんは、母犬が床を引っかく営巣行動を始めて12時間から24時間で生まれます。24時間経っても生まれないということは、なんらかのトラブルが考えられます」

「たいへんだ！　早くその犬を探して助けてあげないと！」

健太たちは、うなり声がどこから聞こえてくるのか、耳を澄ませた。

「リビングの奥から聞こえてくるみたいだわ」

リビングの奥の部屋には、からっぽの本棚と、古い木の机が残されていた。

「この机の下から声がするよ」

健太がのぞき込むと、机の下で、1匹の柴犬が毛布にくるまり震えていた。

これまでどこで過ごしていたのか、体の毛もすっかり汚れている。

「**いた！　見つけたよ！**」

柴犬は弱々しく健太を見上げた。すると、赤い首輪につけられた、「リリ」というネームプレートがちらりと見える。

「リリ……。きみはリリっていうんだね」

リリは、健太の呼びかけに反応する元気もないようすだ。お産の痛みに苦しむように震え、ウウウウ…とうなり声をあげている。

真実は、タブレットのナナミに向かって話しかけた。

「リリのおなかの中のようすを知りたいんだ。赤ちゃんの心臓の音を聞けるかな？」

「ハイ。タブレットのタッチペンを、リリのおなかに当ててくださイ。ペンの先に付いている高性能マイクで、おなかの中の音を聞くことができまス」

「わかった。やってみよう」

真実はタッチペンを手に取り、リリのおなかに当てた。

ゴポゴポ…水が揺れるような音が聞こえる。

やがて、タブレットに表示されたグラフの波形が、かすかに動いた。

健太と美希は、息をのんで耳を澄ませた。

トク、トク、トク、トク…

それは、とても小さな音だった。

「赤ちゃんの心臓の音だ！　やっぱりリリのおなかには赤ちゃんがいるんだ！」

「この音からすると、どうやら赤ちゃんは1匹だけのようだ。心拍数は？」

波形グラフを見つめたまま、真実がナナミに聞く。

「心拍数180。……170。じょじょに下がっていまス。赤ちゃんの心臓が弱っているみたいでス」

真実は、苦しそうにうなり続けるリリの顔を見つめた。

「リリには、赤ちゃんを産む力が残っていないのかもしれない。このままだと、赤ちゃんもリリも、どちらの命も危険だ」

「ええっ、そんな！　なんとか助けられないの！？」

健太が叫ぶと、即座にナナミが答えた。

「このような場合、『陣痛促進剤』を注射するのが、病院でのおもな対処法でス」

「陣痛促進剤!?」

「オキシトシンという物質でス。これを注射すると、赤ちゃんのいる、子宮という部分が収縮して、赤ちゃんが生まれやすくなるんでス」

「それじゃあ、わたし、動物病院に電話してみるね!」

美希は、取り出したスマホで電話をかけはじめた。

しかし、どの病院も「本日の診察は終了しました」というアナウンスが流れるだけだった。

「だめよ!　どこもやってないわ!」

「そんな……」

健太はリリのおなかを、やさしくなでた。苦しそうに体を震わせ、うなり声もだんだん弱くなっている。

「オキシトシンが手に入らなければ、母犬と子犬、ともに助かる確率はほぼ0パーセントでス。あきらめるしかありません」

ナナミが出したデータに、3人は言葉を失った。

しかし、健太はギュッとこぶしを握った。

「いやだ！　そんなのダメだ！　あきらめたらダメだ！」

ナナミは不思議そうに健太を見つめた。

「データはウソをつきません。ときには、あきらめることもだいじな選択でス」

「そんなのいやだよ！　リリと赤ちゃんを助けたいんだ！」

名前を呼ばれたからか、リリはかすかに顔をあげ、「クーン」と鳴いた。

「健太くん……昼間の話、覚えてるかい？」

不意に真実が口を開いた。

「え？」

「1人を助けるか、5人を助けるかっていう話。ぼくの答えはこうだよ。ぼくなら、どちらも助ける道を探す」

静かだが、力強い声で真実は言った。

「データは大切だけど、それがすべてじゃない。必ずどこかに、データだけでは見えない道

が……どちらの命も救う道があるはずだ」
「真実くん……！」
健太は、真実を力強く見つめた。
「ワタシには理解できません。オキシトシンが手に入らなければ、助かる確率はほぼ０パーセントでス」
「手に入らないなら、自分たちでつくればいいんだよ！」
「オキシトシンは体内でつくられるホルモンでス。こんな場所でつくるのは不可能でス」
「いや……待てよ。そうか……その手があった！」
真実は口元に手を当てて考えていたが、不意に立ち上がり、机の引き出しを開けて、何かを探しはじめた。
「……あった。ここにあるもので、オキシトシンをつくれるかもしれない。試してみる価値はある！」

真実が机の引き出しから見つけたものは——。

「ウイスキーのボトル」

「ビタミン剤」

「中年の紳士とリリが写った写真」

この中のひとつを使って、「陣痛促進剤」——オキシトシンをつくるという。
いったい、どれを使うのだろうか？

暴走するＡＩ(前編) 2 - ＡＩに心はあるのか

「これを使えば、オキシトシンがつくれるはずだ」

そう言って真実が手に取ったのは、「中年の紳士とリリが写った写真」だった。

「ええっ、写真⁉ どうやって、オキシトシンをつくるの⁉」

健太が驚きの声をあげる。

「確実な方法とはいえないが、可能性にかけてみよう」

真実は、写真をタブレットにとりこみ、リリの顔の前に持っていった。

「いいかい、リリ。この写真をよく見て。おまえのご主人

さまも、応援してるよ」

写真の中では、やさしそうな男性が、笑顔でリリを抱きしめている。

リリは写真を見つめると、懐かしそうに「クーン」と声をあげた。

「オキシトシンは、『幸せホルモン』ともいわれていて、信頼する人に頭をなでられたり、見つめ合ったりすると、体内で分泌されるんだ」

「そうなんだ！ ようし……！」

健太はリリのそばにしゃがむと、やさしく背中をさすりはじめた。

「リリ、がんばれ! 赤ちゃんと一緒に、ご主人さまのところに帰ろうね」
「そうよ、がんばって、リリ!」
リリは、最後の力をふりしぼるように「ハッハッ…」と荒い呼吸を繰り返し、真実が手にした写真を、うるんだ瞳でじっと見つめている。
「ナゼあきらめないのか、理解できません。確かに論文などはいくつか出ているようですガ……、その方法で十分なオキシトシンが分泌される可能性は限りなく……」
ナナミが言いかけた、そのとき。

「ウゥゥ!」

リリが声をあげ、苦しそうに体をよじった。
「どうしたの!?」
健太は、背中をさすっていた手を放し、あわてて真実を見る。
「うまくいってる。子宮の収縮がはじまったんだ」

「じゃあ……オキシトシンがつくられてるんだね！」

健太の言葉に、真実はかすかにほほえんだ。

「えらいぞリリ！　がんばれ！」

「リリ、もう少しよ！」

リリは、歯を食いしばるように、低くうなり続けた。

やがて、ズルリと、犬の赤ちゃんが産み落とされた。

「やった！　生まれた！　生まれたよ！」

健太は喜びの声をあげたが、犬の赤ちゃんは静かなままで、産声をあげない。

口元からわずかに見える小さな舌先は、紫色をしている。

「そんな……そんなのいやよ」

美希が涙声でつぶやいたそのとき、健太の声が響いた。

「ナナミちゃん、きみの力を貸して！　この子を助けるために必要なことを、ぜんぶ教えて

ほしい！　ぼくにできることならなんでもするから！」

「健太サン……」

ナナミは一瞬、驚いたような顔をしたが、次の瞬間、大きくうなずいた。

「わかりましタ！　仮死状態の子犬の蘇生方法ですネ。データを検索しまス！」

ディスプレーに、無数のデータが表示されはじめた。

「気管に羊水がつまっている可能性があります。子犬の鼻先から吸い出してくださイ」

「わかった！」

健太は迷うことなく子犬の鼻先に自分の口を当てると、思いきり息を吸い込んだ。

子犬の鼻から、たくさんの羊水があふれ出てくる。

「よし！　次は⁉」

「子犬の呼吸をうながしまス。タオルでくるんで、背中を強くこすってくださイ」

健太は、着ていたパーカーを脱ぐと、子犬をくるんで必死に背中をこすりはじめた。

「がんばれ！　がんばれ！」

3分が過ぎ、5分が過ぎたが、子犬はピクリとも動かない。

しかし、健太はあきらめなかった。

「がんばれ！　息をするんだ！　がんばれ！」

そして10分が過ぎたころ……。子犬の体がかすかに動いた。
健太はハッとして手を止めた。
すると——。

「ミミミミ…ミ〜…」

それは、とても小さな産声だった。

「やった……やったよ‼」

健太は喜びで顔をクシャクシャにした。見ると、美希も同じ顔をしていた。

「リリ、がんばったわね！ あなたの赤ちゃんよ！」

リリのもとに子犬を置くと、リリは、ミ〜ミ〜と鳴く子犬をやさしくなめはじめた。

そのようすを見つめ、健太はナナミにつぶやいた。

「ありがとう、ナナミちゃん。きみが調べてくれたデータのおかげだよ」

「……イイエ、データのおかげではありません。ワタシがどんなに低い確率を示しても、みなさんは、絶対にあきらめませんでしタ……」

ナナミの言葉に、健太はハッとした。

「……データだけでは見えない道。あきらめなければそれが見えるんだ。人とＡＩが力を合わせれば、新しい道を見つけられるんだ」

「新しいミチ……」

いつの間にか窓から差し込んだ朝日が、健太たちをまばゆく照らしだす。

そんなようすを、真実はやさしい目で見つめていた。

2

SCIENCE TRICK DATA FILE

科学トリックデータファイル

「弱いAI」と「強いAI」

AIは、「弱いAI」と「強いAI」の2種類に分けられることがあります。

この言葉は、アメリカの哲学者であるジョン・サールがつくりました。「弱いAI」は、限られた分野で能力を発揮するAIを指します。一方、「強いAI」は、感情を持ち、さまざまな状況の中で自分で考えて行動します。いわば、人間のような「心」と「知能」を持つAIといえるでしょう。

AIは人間の友達になれるのかな?

暴走するＡＩ（前編）2 - ＡＩに心はあるのか

弱いAI

限られた課題に対して、能力を発揮するAI。将棋やチェスの対戦ソフト、自動的に掃除をしてくれるロボット、スマートスピーカーなどは進歩的に思えるが、対応できる分野が限られているので、「弱いAI」にすぎない。

「強いAI」なら、友達になれるかもしれないけど、まだ完成していないんだ

強いAI

人間と同じように、さまざまな状況に対応できるAI。マンガや小説に登場する、ヒューマノイドロボットも強いAIだ。しかし、現実世界では、まだ実現していない。

暴走する家電

暴走するAI[前編]3

「謎野サン、遅いですネ。来ないんじゃないですカ？」
「ううん、来るよ。友達だもん」

花森駅前に最近できたショッピングモール、クロノスタウンの入り口で、健太は、ナナミとそんなことを言い合っていた。

この日は日曜日。健太は、真実、美希とこの場所で待ち合わせて、美希の家に遊びにいく予定だったのだ。

すると、そのとき、道ゆく人をムダのない動きでよけながら、こちらに近づいてくる真実の姿が見えた。

「あ、来た！ 真実くーん！」

健太は、喜び勇んで駆け寄っていく。

「美希ちゃん、少し遅れるってさ。せっかくだから、クロノスタウンの中を見てまわろう」

健太は、大はしゃぎで真実を引っ張っていく。

暴走するAI（前編）3 - 暴走する家電

ふたりが最初に訪れたのは、展覧会の会場だった。

「これ、ゴッホの描いた絵だよね！ 図工の時間に見たことある」

健太が、1枚の絵を指さして叫ぶ。

すると、真実が言った。

「これはゴッホの絵じゃない。AIがゴッホ風に描いた絵だよ」

「えっ、AIってそんなこともできるの!?」

「ゴッホの絵をデータ化し、そのタッチや色使い、レイアウトの特徴などをAIに学習させると、本人が描いたものとそっくりな別の絵を描くことができるんだ」

「へえ、AIってすごい！」

健太は感心しきったように言った。

次に訪れたのは、車の試乗コーナーだ。真実と健太は、AI搭載の自動運転車・ゼウディに乗り込んだ。

「これより、専用道路をドライブしてまいります」

車が告げる。そしてふたりを乗せ、走りだした。
「うわあ！車がしゃべって、ひとりでに動くなんて、便利だね。ぼくんちにもほしいな」
「あと何年かしたら、日本中の車のほとんどが自動運転車になるだろう」

真実の言葉に、健太は夢のような未来を思い描いた。

クロノスタウンの中をひととおり見てまわったあと、真実と健太は、吹き抜けの広場にやってきた。

案内係のロボゼウスくんが、「ご用はありませんカ?」と声をかけてくる。

真実が何も答えずにいると、ロボゼウスくんは、英語、中国語、韓国語などさまざまな言語で「ご用はありませんカ?」とたずねてきた。

「ＮＯ　ＴＨＡＮＫ　ＹＯＵ（ありません）」

真実は答え、その場を離れていく。

健太は、真実を追いかけながら言った。

「ちゃんと答えてあげないと、ロボゼウスくんがかわいそうだよ」

「何度も言うようだけど、健太くん、ＡＩやロボットに感情はないんだ」

「そんなことない！　だってナナミちゃんは……」

健太は必死でうったえる。

犬の出産を助けてうって以来、ナナミは「友達」「感情」「涙」などの言葉に強く反応するように

なった。そして「喜びって何ですカ？」「悲しみって何ですカ？」「どんなときにそのような気持ちが湧きおこるのですカ？」などと健太に質問を投げかけてくるようになったのだ。

「それって、ナナミちゃんに感情が芽生えかけてるってことなんじゃない？」
「それは、健太くんの側に感情があるから、そう思えるのさ。ぬいぐるみを友達と思うのと同じだ。ぼくは、そういう気持ちを否定はしない。でもその対象がAIの場合、一歩間違えると、怖いことになる。まわりを見てごらんよ」

真実に言われて健太があたりに目をやると、周囲にいるほとんどの人々がヘッドマウントディスプレーを装着し、タブレットを手に、自分のゼウスと会話していた。
「この町の人々は、AIに感情移入するあまり、依存症になりつつある。それはとても恐ろしいことだ。それに問題はほかにもある。クロノス社の考え次第では、スーパーゼウスに集めた個人情報を別の企業に売って、商売に利用することも可能なんだよ」

「え!?」

暴走するAI（前編）3 - 暴走する家電

健太はギクリとした。タブレットを渡されて以来、通信学習の営業やら、「昆虫図鑑」のセールスやらの電話やメールが毎日のように来るようになっていたからだ。

「セールスの人は、ぼくの成績のことや、昆虫が好きなことまで知ってたんだ。……それってつまり、タブレットから情報が漏れてるってこと!?」

「べつに、いいんじゃないかにゅ？」

そのとき、ふたりの背後で声がした。現れたのは、レイアだった。

「大多数の人間は、AIに支配されたほうが幸せなんだにゅ。タブレットを使いまくって、スーパーゼウスのビッグデータの構築に貢献すれば、AIはそれだけ人間を管理しやすくなるにゅ」

（あれっ？　今のセリフ、どこかで聞いたような……）

ビッグデータ

「ぼう大な量のデータ」という意味。主に、人々が利用しているインターネットのデータを集めたもの。ビッグデータを分析することで、ふつうなら気づかない意外な事実を見つけることも可能だという。ビックデータの身近な利用例には、「ネットで見ている情報の傾向をもとに、その人が関心を持ちそうな広告を表示する」などがある。

健太は、心に引っかかるものを感じる。

そのとき、真実が口を開いた。

「きみの考えには賛成できない」

「え?」

レイアは、不思議そうに真実を見返し、「ま～たまた、パイセーン」と笑いながら言った。

そんなレイアを、真実はじっと見つめ、穏やかな口調で諭しはじめる。

「AIに、善悪を判断する能力はない。AIを使って、夢のような未来を築けるかどうかは、すべて人間次第だ。ただの道具にすぎないAIに、人間が支配されるようなことがあったとしたら……それこそ本末転倒ってものさ」

この瞬間、レイアの顔から笑みが消えた。

そして、しばし真実の顔を無言で見つめたあと、肩をすくめながら言い放った。

「なんかがっかりだにゅ。真実パイセンほどの人が、そんなつまらないこと言うなんて。パイセンのこと、ちょっと気になるって思ってたけど……あ〜あ、ゲンメツだにゅ」

言いたいことだけを口にして、レイアはその場を去っていった。

そこに、「お待たせ」と美希がやってきた。

「遅れてごめ〜ん。さっそく我が家に案内するね。ウチは今、すごいことになってるんだから。見たら驚くわよ〜！」

美希は、はしゃいだようすでまくしたてると、健太と真実をうながし、クロノスタウンの出口へと向かっていった。

「あら、健太くん、いらっしゃい」

美希の家に到着すると、玄関で、飼い猫のマーゴを抱いた美希のお母さんが、3人を出迎えた。

「真実くんも来てくれたのね〜。さあ、どうぞ上がって上がって」

美希のお母さんは、ごきげんなようすで、真実たちを居間へと案内する。

すると、居間に入るなり、美希が言った。

「ゼウスピーカー、リビングの明かりをつけて」

「はい、明かりをつけます」

何者かが答える。次の瞬間、ひとりでに明かりがついた。

「え……何、今の?」

健太は驚いてたずねた。すると、美希は、いたずらっぽくほほえんで、さらに言った。

「ゼウスピーカー、ピアノの演奏が聴きたい。何か弾いて」

「はい、ピアノを演奏しまス」

声が答えると同時に、ピアノの自動演奏が始まる。健太は、目を丸くした。

「美希ちゃんち、いったいどうなってるの?」

「実はね、新聞記者をしているうちのパパが、クロノス社に体験取材の交渉をしたら、うちをIoTハウスに改造してくれたの」

あいおーてぃーはうす?

「あらゆる家電が、インターネットにつながった家のことさ」

真実は、居間のテーブルに置かれた黒い筒のような機器を指さし、解説を始めた。

IoT
インターネットオブシングス
Internet of Thingsの略で、「モノのインターネット」という意味。あらゆるものが、インターネットに接続され、モノ同士が情報をやりとりするしくみのこと。

「これはスマートスピーカーと呼ばれるもので、すべての家電がこのスピーカーにつながっている。美希さんが『ゼウスピーカー』と呼んでいるこの機器に命じれば、内蔵されたマイクが音声を認識して、命令されたことを自動的に実行するんだ」

すると、美希が横から自慢げに言う。

「家の温度や湿度も管理してくれるの。でも、それだけじゃないわ。ゼウスピーカー、わたしたちを南の島に連れていって！」

美希が言うと、ブラインドが上がり、なんと窓の外に南国すると

暴走するＡＩ（前編）3 - 暴走する家電

の海辺の景色が現れたのだ。家の中は暖かくなり、ザザーンと波の音も聞こえはじめた。

「うわあ、海の匂いのする風！もしかして家が丸ごと瞬間移動したの!?」

驚く健太に、美希は笑いながら言う。

「バカね。そんなわけないでしょ」

よく見ると、窓と思われたものは液晶画面で、そこに海辺の景色の映像が映っているのだった。

「ゼウスピーカーに、どこかへ行きたいって頼むと、その場に行った気分になれる映像や音を流してくれて、部屋の空気も変え

「なるほど……そういうことか。でも、それにしたって、すごいよね」

健太はしきりに感心していた。

そのとき、美希のお母さんが口を開いた。

「健太くん、真実くん、おなかすいたでしょ？　今、何かつくらせるわね」

お母さんは、ゼウスピーカーに向き直ると、こうたずねた。

「ゼウスピーカー、おやつが食べたいわ。何かできるかしら？」

すると、ゼウスピーカーは、冷蔵庫の中に設置されたカメラで材料を確認し、こう答えてきた。

「はい、ホットケーキがつくれます」

「ここからは、シェフゼウスの出番ね。真実くん、健太くん、いいものを見せてあげる。一緒に来て」

美希にうながされて、真実と健太は、キッチンへと向かう。

キッチンには、800万円もするという調理ロボット「シェフゼウス」が置かれていた。

クロノス社から「取材のあいだだけ」と、期間限定で貸し出されたものだという。

シェフゼウスは、人間の手のような2本のアームと、箱形の胴体、車輪の足を持つロボットだ。キッチンの中を移動しながら、その手で器用に卵を割り、材料をかき混ぜ、フライパンを使用し、ホットケーキを手際よくつくっていく。

健太は、あっけに取られながら、そのようすに見入った。
「すごい！　まるで人間の動きみたいだ……」
「シェフゼウスのつくる料理は、とってもおいしいのよ」
美希は、はしゃいだようすで言った。

ホットケーキが焼き上がる。居間のテーブルには美希のお母さんがいれてくれた紅茶も並び、おやつタイムとなった。
「うん、このホットケーキ、めちゃくちゃおいしい！」
健太がほおをふくらませながら言うと、かたわらで真実もほほえみながらつぶやく。
「紅茶もとてもいい香りだ。……この香り、ベルガモットですね」
「さすがは真実くん。違いがわかるのね。このあいだカタログで注文した、イギリスの有名ブランドのアールグレイよ。ゼウスにすすめられたの」
美希のお母さんが答える。

アールグレイ
ベルガモットというミカンのなかまの香りをつけた紅茶。アイスティーやミルクティーにも向いている。

暴走するＡＩ（前編）3 - 暴走する家電

すると、美希が、「ほんと、ツボを心得てるのよね〜」と身を乗り出してきた。
「このあいだなんか、クロノスの通販で服を見ていたら、リチャードがおすすめの服をいろいろ見せてきて……それがどんぴしゃ、わたし好みだったから、もうビックリよ！」
聞けば、美希の家にも最近、セールスや勧誘、営業の電話やダイレクトメールがひっきりなしに来るのだという。
真実が言っていた個人情報のことを思い出し、健太は心配になった。
「美希ちゃん、それは……」
健太が言いかけたとき、飼い猫のマーゴが、突然、あらぬ方向を向いて、「ふう」とうなり声を上げた。そして

急に落ち着きのないようすを見せはじめる。

「どうしたの、マーゴ?」

何かにおびえたようすのマーゴを見て、美希は驚いた。

すると、突然、何の前触れもなく、ゼウスピーカーがしゃべりはじめた。

「はい、承りましタ。仏壇1基、注文いたしまス」

「えっ、そんなの注文してないわよ!?」

美希のお母さんは、あわてて自分のタブレットを確認する。見ると、仏壇がお母さんの名前でクロノス社の通販サイトにしっかり注文されていた。

「何よこれ!?」

お母さんは、急いで注文を取り消した。ところが……。

「はい、線香5千本、注文いたしまス」

「はい、棺桶4基、注文いたしまス」

「はい、骨壺4個、注文いたしマス」

ゼウスピーカーは、次々と注文を繰り返す。しかも、そのすべてが縁起の悪いものばかりだった。

「棺桶4基って、ここにいる人数と同じじゃない」

「誰も何も言ってないのにどうして!?」

美希とお母さんが動揺するなか、ゼウスピーカーの暴走はなお続いた。

「はい、居間の明かりを消しまス」

明かりが突然消され、美希のお母さんがあわてて叫ぶ。

「やめて! ゼウスピーカー、明かりをつけて!」

「はい、居間の明かりを消しまス」

ゼウスピーカーは「はい」と命令に従い、明かりをつけるが、次の瞬間——。

また、明かりを消してしまった。

「もういや!」

「いったいどうなってるの!?」

一同がパニックになるなか、マーゴは全身の毛を逆立てて鳴き続けている。

「はい、ピアノの演奏を始めます」

今度は、ピアノが不気味な葬送行進曲を自動演奏ではじめた。

「はい、ワンダーリング・デッドの34話を映します」

液晶画面には、南の島の映像に代わって、ゾンビものの海外ドラマが映し出された。

「うわああっ!」

暴走するＡＩ（前編）3 - 暴走する家電

画面を背にしていた健太は、突然、背後に現れたゾンビの姿を見て、気絶しそうになる。

「こ……怖いよ。美希ちゃん、なんとかして！」

「ゼウスピーカーの電源を切るんだ」真実が即座に言った。

「それが……わたしたちが電源を切ることはできないのよ」

「だったらブレーカーを落とすしかない」真実は、冷静な声で告げる。

美希はうなずき、廊下にあるブレーカーのところへ行こうとした。

ところが！

「はい、居間の扉をロックします」
ゼウスピーカーが、先回りして、廊下に出る居間の扉に鍵をかけてしまった。

「ちょっと！　開けてよ！　開けてったら！」

美希は、恐怖に駆られながら、ガチャガチャとドアノブを回す。

「落ち着くんだ、美希さん。確かキッチンに行けば、そこから廊下に出られたよね」

真実が言うと、美希のお母さんが、あわててうなずいた。

「え、ええ……そうだったわね。美希、お母さんが行くわ」

お母さんは、引き戸を開け、キッチンに出る。だが次の瞬間——。

「はい、千切りを始めます」

ゼウスピーカーの声がして、キッチンからは、お母さんの悲鳴が聞こえてきた。

真実、健太、美希の3人が、あわててキッチンに駆けつけると、そこには、包丁を振りかざしたシェフゼウスの姿があった。

「はい、千切りを始めます」

ゼウスピーカーがしゃべる。その声に呼応して、包丁を手にしたシェフゼウスは、その場にうずくまっている美希のお母さんに迫っていく。

「ママ、しっかりして！」

3人は、美希のお母さんを助け起こすと、居間に逃げ込み、引き戸をぴしゃりと閉める。引き戸のすりガラス越しに、キッチンをうろつくシェフゼウスの影が見えた。

「はい、千切りを始めます。はい、千切りを始めます」

どすっ！　ばすっ！

キッチンから不気味な音が聞こえてきたのは、そのときだった。それは、何かを突き刺すような音だった。

おそるおそるキッチンをのぞいた一同は、そこで繰り広げられているおぞましい光景にぞっとし、すくみ上がる。

どすっ！　ばすっ！

なんと、シェフゼウスは、ダイニングテーブルにあったウサギのぬいぐるみを包丁で何度も突き刺し、切り刻んでいたのだった!

「いやあああっ!!」

美希は悲鳴をあげ、その場にしゃがみ込む。

「うちの家電がこんなふうになるなんて……。きっとAIが、人間のような意思を持って、暴走したんだわ! わたしたち、この家に殺される!」

健太も美希のお母さんも、真っ青な顔で、もはや声を発することもできなかった。

マーゴは、相変わらず毛を逆立てて「ふう」とうなり声をあげている。

真実は、ちらりとマーゴのほうを見て、冷静な顔でつぶやいた。

「この世に科学で解けないナゾはない。この現象は、おそらく誰かが、ある手段を使って、ゼウスピーカーに命じ、引き起こしたものだ。その方法とは……」

暴走するＡＩ（前編）3 - 暴走する家電

「健太くん、きみのゼウスに頼んで、この家で発生している超音波を検査してもらってくれないか」

真実は、健太に言った。

「え？ 超音波⁉」

「ハイ、ワタシたちゼウスは、災害時などに備えて超音波でやりとりできる機能が備わっていまス」

ナナミは答え、検査を始める。結果はすぐに出た。

「超音波を検知しまシタ」

すると、真実はさらに言った。

「では、その超音波と逆位相の超音波を出してくれないか」

「逆位相の超音波ですネ。かしこまりまシタ」

ナナミは、命令を実行する。

しばらくすると、ぬいぐるみを切り刻んでいたシェフゼウスが、その動きを止めた。マーゴも鳴くのをやめ、落ち着いたようすを見せる。ゼ

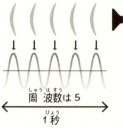

周波数は5
1秒

超音波と周波数
音は空気中を波のように震えて伝わっていく。
1秒間にその波の周期が繰り返す回数を周波数といい、その単位をヘルツという。周波数は、数が大きいほど高音になり、人間に聞こえない高音を「超音波」と呼ぶ。

ウスピーカーも静かになり、青井家に再び平和が訪れた。

「はあ、よかった……」

美希のお母さんは、胸をなでおろす。

「いったい今のは何だったの?」

美希は、真実にたずねた。

「たった今、この家で起きたさまざまな現象は、ドルフィンアタックによるものだよ」

「ドルフィンアタック?」

キョトンとする美希に、真実は解説する。

「人間には聞こえないレベルの周波数——すなわち、超音波を使ってスマートスピーカーに命令し、

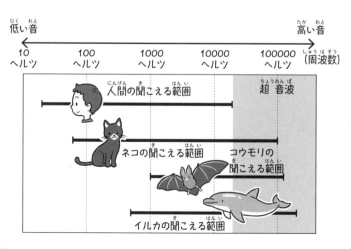

これを操ったんだ。イルカが超音波を出してエサを探すことは知られているよね？」

「ああ、そうか。イルカだからドルフィン、アタックは攻撃だから、そういうんだね」

健太は、納得したようにうなずく。真実は続けた。

「人間には聞こえない超音波。しかしそれを聞き取ることができる動物は、ほかにもいる。ネコにもこの音が聞こえるんだ。そしてこの音は、ネコにとっては不快な音に聞こえる」

「それでマーゴがおびえていたのね」

美希も納得した。

「それはそうと真実くん、さっき逆位相がどうとかって言ってたけど……あれは

ゼウスピーカーは命令を音で聞き取って仕事をしている

暴走するＡＩ（前編）3 - 暴走する家電

「何なの？」

今度は、美希のお母さんがたずねた。

「『逆位相の超音波』とは……簡単に言えば、『音を打ち消す音』です。音波や電波など、山と谷を繰り返す波形に、それとは逆の波形をぶつけると、互いに打ち消し合うんです」

「つまり、ナナミちゃんが出した逆位相の超音波が、ゼウスピーカーを操っている超音波を打ち消したから、美希ちゃんちの家電の暴走が止まったってことなんだね」

健太は、ようやく理解し

ゼウスピーカーを操った超音波

＋

逆位相の超音波

＝

音が消える

超音波

かんおけ
棺桶！

超音波が
消えた！

ナナミがその命令を
打ち消す逆位相の超音波を
出した！

超音波

かんおけ
棺桶！

ＯＫ

誰かが
人間には聞こえない高い音（超音波）で
命令をしていた！

た。

「けど、そもそもゼウスピーカーを操った超音波は、どこから出ていたの？」

青井家の家電を暴走させた相手のことが、健太は気になった。

「それは……おそらくみんなが持っている、ゼウスの入ったタブレットのどれかだ」

真実が答えると、「そのとおりでス」とナナミも言った。

「先ほど発信源も検知しましタ。超音波を出していたのは、美希さんのゼウスでス」

「ええっ!?」

美希は驚き、「リチャード」と名づけた自らのゼウスに食ってかかる。

「リチャード！ いったいどういうつもり!?」

「美希お嬢さま！ じいは何もしておりません！ お願イ、信じてくださ

初期化
コンピューターやソフトの設定を最初の状態に戻すこと。これまでの記録などは、消えてしまう。

148

暴走するAI（前編）3 - 暴走する家電

「イ！」

「とぼけるのね!? いいわよ、あんたなんか初期化してやるから！」

「わーっ！ お……おやめくだサイ。ご無体ナ！」

「美希さん、そのゼウスのせいじゃない。真実はなだめた。自分のゼウスと言い争う美希を、真実はなだめた。

「悪意を持った誰かが、わたしのゼウスを？ いったい誰がそんなことを……」

「これは、相当な技術がないとできないことだ。ぼくは、『正体を突き止めたいと思う』」

真実はそう言うと、何かを決意した目で立ち上がった。

「待って、ぼくも行くよ」

健太も言い、真実についていく。しかし玄関を出た瞬間、ふたりは足を止めた。

門の前に、マジメスギをはじめとする、町の人々が集結していたのだ。

人々は皆、タブレットを手にし、何かに操られているような、うつろな表情をしている。

149

「謎野くん、キミが卑劣な犯罪者だったとは驚きましたよ！」

マジメスギが叫んだ。

「……え？ どういうことだい？」

「とぼけてもムダですよ！ここにその証拠があります！」
マジメスギは、真実に、手にしたタブレットの画面を見せた。

そこには、真実がクロノス社に侵入する動画が映っている。動画にかぶせて、社長の円城の声が告げた。

「スーパーゼウスに自家発電の電力を供給するプログラムソフトが盗まれました。犯人は、今、画面に映っているこの少年、謎野真実です。このままだと、あと3日でシステムがダウンし、みなさんのゼウスが使えなくなってしまいます。謎野真実を捕まえた人には懸賞金を差し上げます」

「……なるほどね」

動画を見て、真実はうなずく。すべては、自分に向けられたわなだったと気づいたのだ。

ドルフィンアタックで青井家の家電を暴走させたのも、何者かが自分を家から出さないようにして、時間稼ぎをするための手段だった。

真実は、淡々とした口調でマジメスギに言う。

「ぼくは、そんなことはしていない。第一、ソフトを盗んでシステムをダウンさせるなん

「て、現実味のない話だと思わないか?」

しかしマジメスギも、町の人々も、聞く耳を持たなかった。

「ゼウスが言っていることに間違いはないのです!」

「そうとも! ゼウスの言うことは、すべて正しい!」

人々は門を開け、真実を捕まえようと、迫ってきた。

そのとき、真実の前に、健太がすっくと立ちはだかる。

「真実くんがそんなことするはずない! これはフェイク動画だ!」

健太は、町の人々に体当たりをして、「真実くん、逃げて!」と叫んだ。

すると、美希も家から出てきて、庭のホースで水をまき、マジメスギたちを撃退しはじめた。

「健太くん、早く真実くんを助けにいって!」

美希が叫ぶ。

「ありがとう、美希ちゃん!」

健太は答え、走りだす。そして真実のあとを追いかけていくのだった。

3

SCIENCE TRICK DATA FILE

科学トリック データファイル

「音が消える！」不思議な技術

3章で紹介したドルフィンアタックと同じように、人間に聞こえる音も、逆位相の音波を使って消すことができます。

実際にこの技術は、わたしたちの身のまわりで使われています。うるさい場所でも音楽を聴きやすくする「ノイズキャンセリングヘッドホン」は、その代表例です。

また、この技術は救急車の車内にサイレンの音を響かせないためや、飛行機の客席に響くエンジン音を軽減するためにも利用されています。

騒音を消せるヘッドホンがあるんだね！

暴走するＡＩ（前編）3 - 暴走する家電

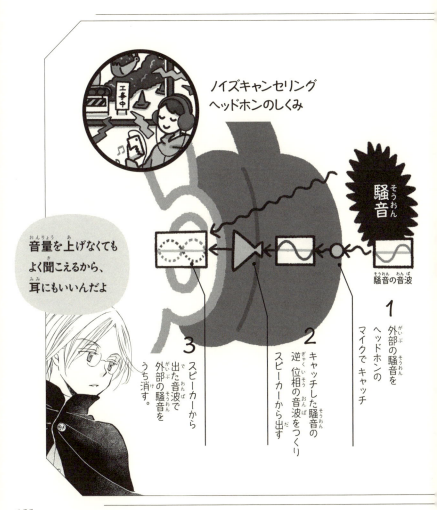

暴走するAI[前編] 4

必死の逃亡者

美希の家から飛び出した真実と健太は、道路を走り続けていた。

「真実くんが、指名手配されちゃうなんて！」

健太はタブレットを見る。画面には、真実の顔写真とともに、捕まえると「懸賞金100万円」がもらえることが書かれていた。

「これじゃあ、みんなが真実くんを捕まえようとするよ！　真実くん、警察に行って守ってもらったほうがいいよ！」

「いや、おそらくこの町の警察内部のAIも、ホストAIのスーパーゼウスに管理されているだろう。今、警察に行くのは危険だ。健太くんは、ぼくから離れたほうがいい」

「だめだよ！　ぼくは真実くんと一緒にいる！」

やがて、大きな交差点までやってくると、健太はナナミに話しかけた。

「ねえ、ナナミちゃん。どこか隠れることができる場所を探して」

「ハイ」

ナナミが検索しようとしたとき、真実が健太のほうを見た。

「そのタブレットは置いていくんだ」

暴走するAI（前編）4- 必死の逃亡者

「どういうこと？」

「タブレットにはGPS機能がついている。ゼウスはホストAIのスーパーゼウスとつながっているから、ぼくたちがどこにいるのかすぐにバレてしまうんだ」

「そんな！　だけど、ナナミちゃんを置いてなんか行けないよ。友達なんだよ」

「健太くん、何度も言うけど、ゼウスはただのAIだ。友達なんかじゃない」

「でも……」

健太は反論しようと思ったが、言葉が続かなかった。

「健太くん、早く！」

「……あ、うん」

健太はタブレットを持ったまま、道路わきの植え込みのほうへと歩いていった。

「それでいいんだ。さあ、行こう」
真実は再び走りだそうとする。
そのとき、そばの建物のすきまから何かが現れた。
ブウゥンというプロペラ音を響かせながら、1機のドローンが飛んできたのだ。

暴走するＡＩ（前編）4 - 必死の逃亡者

謎野真実ヲ、発見シマシタ！

機体にはカメラと小さなノズルがついていて、「Kronos(クロノス)」というロゴが入っている。

警コク、警コク。オトナシク捕マラナケレバ、催涙ガスヲ放出シマス！

ドローンはノズルを真実たちに向けた。

「催涙ガス？　どうしよう‼」

「健太くん、逃げるぞ！」

真実と健太は、あわててその場から離れた。

ふたりは町の中を必死に逃げ続けた。

大きな道路から、細い路地に入り、また大きな道路に出た。

しかし、ドローンはどこまでも追いかけてきた。

「このままじゃ捕まっちゃうよ！」

大きな道路を走りながら、健太はまわりを見る。

今、ドローンは見えていないが、ブウゥゥンというプロペラ音は聞こえている。

このままではいずれ見つかり、捕まってしまうだろう。

162

暴走するＡＩ（前編）4 - 必死の逃亡者

するとそのとき、前方に駅が見えてきた。

「そうだ。逃げられる方法がある」

「どういう方法なの？」

「電車に乗って、いったん違う町へ行くんだ。ＡＩモデル特区に指定されているのは、花森町だけだ。ドローンが飛べるのもこの町の中だけのはずだ」

「そっか、違う町へ行けば、ドローンも追ってこないってことだね！」

真実たちは駅までたどりつくと、電子カードを取り出し自動改札を通り抜けようとした。

ブーブーブー！

だが、改札機から警告音が鳴りだし、扉は開かない。

「故障しちゃったの？」

「いや、これは……」

真実が何かを言おうとしたとき、健太のバッグの中から声がした。

「謎野サンの持っている電子カードは、ブラックリストに入っているようでス」

「この声は!?」

真実が健太のバッグを開けると、植え込みに置いてきたはずのタブレットが入っていた。
「健太くん、置いてこなかったのかい?」
「ええっと、あの……、う、うん。だって、友達を置き去りになんかできないよ!」
健太は真剣な表情で真実を見た。

暴走するAI（前編）4 - 必死の逃亡者

「健太サン……」と、ナナミがつぶやく。
真実は、そんな健太をまじまじと見つめた。
「まったく、きみというやつは……」
真実の口元が、フッとゆるむ。
「そうか……」
「ゼウス。ぼくのカードをブラックリストにしたのはホストAIなのかい？」
「ハイ。謎野サンたちをこの町から出られないように、ホストAIのスーパーゼウスが操作をしましタ」
「きみのほうからそれを解除したり、ドローンを止めたりするのは不可能なんだね？」
「ワタシたち末端のゼウスは、そういう操作はできません」
真実は口元に手を当てて、何かを考える。
一方、健太はポケットをまさぐり小銭を探すが、110円しか持っていなかった。
「これじゃあ、となりの町の駅まで行けないよね」
切符はとなり町の駅まで120円する。

165

「とにかく、ここにいたら危険だ。移動しよう」

真実は健太とともに駅から離れようとした。

ブウゥーン！

突然、プロペラ音が響いた。次の瞬間、真実たちの目の前にドローンが飛んできた。

ドローンはノズルを真実たちのほうへ向ける。

警コク　警コク

ノズルから、催涙ガスが発射された。

プシュ～！

「**逃げろ！**」

真実は健太の腕を引っ張り、その場から離れた。

間一髪、ふたりは催涙ガスを浴びずにすんだ。

「ホントにガスを発射してきたよ！」

「それだけスーパーゼウスは本気で捕まえようとしているんだ！」

真実たちは懸命に走り、駅前の繁華街まで逃げる。

すると、前方から何かが現れた。

新しいドローンだ。

しかも1機ではない。10機ほどのドローンが、飛びながら、催涙ガスのノズルを真実たちのほうに向けていた。

「こんなの逃げられないよ！」

健太はおびえた声で叫ぶと、その場に立ちつくしてしまう。

しかし、真実は冷静な表情を崩すことなく、まわりを見回した。

「そうだ、あの方法なら……。健太くん、走るぞ！」

真実は、繁華街にあるオフィスビルのほうへ走った。

「えっ、あ、ちょっと、待って！」

健太はわけもわからず、真実のあとに続く。

10機ほどのドローンは、真実たちを追いかけた。

警コク　警コク

ドローンはだんだんふたりのそばに近づいてくる。

「だめだ、やっぱり逃げ切れないよ!」

健太が泣きそうな声をあげたそのとき、真実が立ち止まった。

「ここなら、だいじょうぶだ」

真実は振り返ると、ドローンのほうを見た。

健太が真実のほうを見て叫んだ瞬間、うしろから突然強い風が吹き抜けた。

「真実くん、あぶないッ!!」

「わっ!」

その風を受け、ドローンが大きくバランスを崩し、よろめく。

そして、ドローン同士がぶつかり、次々と墜落していった。

「すごい! どうやったの?」

健太が目をぱちくりさせながらたずねると、真実は「これだよ」と、うしろをチラリと見た。

背後には、オフィスビルがいくつも立っていた。

「高いビルが立っているところでは、『ビル風』が吹くことがあるんだ」

ビル風
高いビルに吹いた風が、ビルをよけて狭いところを通り抜けるときに、空気の流れが集中し、より勢いが強まる現象。
(『科学探偵 vs. 妖魔の村』の17ページも見よう)

「ビル風？ あっ、ハマセンが学校で足を切ったときに言ってたよね！」

以前、ハマセンはビル風に吹かれた雑草によって、足を切ったことがあったのだ。

「高いビルに吹いた風が、ビルに吹かれて狭いところを通り抜けるときに、強い風が吹く。その風をドローンにくらわせて、コントロールできなくしたんだ」

健太は喜ぶが、真実はなぜかけわしい表情を浮かべていた。

「そうなんだ！ さすが真実くん！」

「どうしたの？」

「1度目はうまくいったけど、同じ手は通用しないはずだ」

「どういうこと？」

「謎野サンの言うとおりでス。今の出来事を学習し、ドローンはビル風が吹いてもよけられるようになるのでス」

ナナミが冷静に答えた。

「じゃあ今のうちにどこかに隠れなきゃ！ ——あっ！」

健太は、近くにあるスーパーマーケットのわきに、段ボールがいくつも積まれていること

に気づいた。

「あそこなら！」

健太はあわてて段ボールのすきまに隠れる。

「真実くんも早くこっちへ！」

「そんなところに隠れても意味がない」

健太は必死に手招きをする。真実は何か言いたそうだったが、そばに駆け寄り、同じように身を隠した。

「そんなことないってば、早く！ ほらっ！」

一方、ドローンは体勢を整え、再び空を飛びながら、真実たちを捜しはじめた。

「ここに隠れていれば、だいじょうぶなはずだよ」

健太はそう言うが、真実は小さく首を横に振った。

「タブレットにはＧＰＳ機能がついていると言っただろう。すぐにこの場所も発見されるはずだ」

「ええ⁉」

4 - 必死の逃亡者

だから真実は「隠れても意味がない」と言ったのだ。
「だけど、ナナミちゃんは置いていかないよ！」
「それはもうわかったよ」
だが、このままここにいてもいずれ見つかってしまうだろう。
そのとき、真実はスーパーを見て、ハッとした。
「健太くん、持っている小銭で今すぐあれを買ってくるんだ」
真実はスーパーの店頭を指さす。
そこには、セール品で１００円になっている「卵」と「ラップ」と「アルミホイル」が積まれていた。
「あれを使えば、ドローンの追跡から逃げることができる！」
「ええ？」
健太は三つの品物を見つめる。
いったいどれをどう使えば、逃げられるというのだろうか？

> スーパーゼウスと
> タブレットのつながりを
> 断つんだ！

「ねえ、どれを買ってくればいいの?」
健太は、真実のほうを見た。
「『アルミホイル』だ」
「アルミホイル? アルミホイルでドローンが落とせるの?」
「落とすんじゃないよ」
「えっ?」
「とにかく急いで。ぼくは指名手配されているから顔を見られるのはまずいんだ」
「それはそうだけど……。ああ、もう!」
健太はわけがわからないまま、店頭のアルミホイルをつかんで店へ駆け込み、購入すると、真実のもとへ戻ってきた。
「こんなものどうするの?」
「こうするんだ」
真実はアルミホイルを手に取ると、それを健太のタブレットにぐるぐると巻き付け、完全に包んでしまった。

「ちょっと、何するの!?」

健太はあわててアルミホイルを外そうとしたが、真実がその手を止めた。

「静かに！」

「えっ？」

見ると、数機のドローンが飛んできた。

ブウゥーン　ブウゥーン

真実たちを捜しているようだ。

ドローンは真実たちの真上までやってきた。

健太はそれを見ながら、ごくりとつばをのみこむ。

しかし、ドローンはそのまま旋回すると、違う場所へと飛んでいった。

「よかった。見つからなかったみたいだね」

「そうじゃない。ドローンは、ぼくたちを見つけることができなくなったんだ」

「ええ??」

すると、アルミホイルの中からナナミの声がした。

「スーパーゼウスとの通信を、遮断したのですネ」

「どういうこと?」

「アルミホイルは金属だ。金属には、電波を遮断する効果があるんだ」

「それによって、スーパーゼウスはワタシの位置を検知できなくなりましタ」

「じゃあ、もう安全ってこと?」

「ハイ。ただ、こちらからもネットワークにつなげなくなってしまうので、手に入れられる情報も制限されまス。ちなみに、ワタシは今までどおり音声で会話ができまス」

ホストコンピューター
高度な能力を持つ、大型のコンピューター。たくさんのタブレットから送られてくる複雑な仕事を処理して送りかえす。

アルミホイル
アルミニウムという金属を紙状に薄く延ばしたもの。

ネットワーク
網状のつながりのこと。ここでは、コンピューターネットワークのことを指す。複数のコンピューターを接続して、互いに情報をやりとりできるようにした状態、しくみのこと。

暴走するAI（前編）4 - 必死の逃亡者

「よかった！ ナナミちゃんと一緒にいてもだいじょうぶなんだ！」

健太は、笑顔でタブレットを抱きしめた。

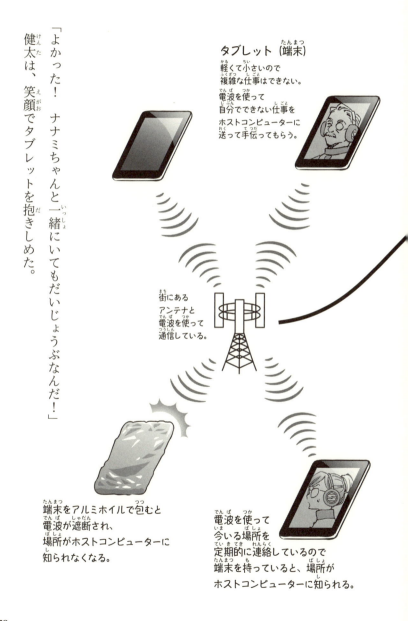

タブレット（端末）
軽くて小さいので複雑な仕事はできない。
電波を使って自分でできない仕事をホストコンピューターに送って手伝ってもらう。

街にあるアンテナと電波を使って通信している。

端末をアルミホイルで包むと電波が遮断され、場所がホストコンピューターに知られなくなる。

電波を使って今いる場所を定期的に連絡しているので端末を持っていると、場所がホストコンピューターに知られる。

「健太サン……」
ナナミがアルミホイルの中からつぶやく。
「真実くん、とりあえず家に戻ろうよ」
「いや、それより行くべき場所がある」
「えっ？ どこに行くの？」
「それは——」
真実がそこまで言ったとき、道路のほうから声がした。

「おい、あそこにいたぞ！」

道路に、タブレットを持った人たちが立っていた。
「オレの言ったとおりだっただろ？ 指名手配の男の子が店にいたって！」
「指名手配？ 真実くんはお店に入ってないのに⁉」
「どうやら、スーパーゼウスは、謎野サンだけでなく、健太サンも指名手配にしたようですネ」

「そんな！」
「謎野って子もいるぞ！」
「ふたり合わせて懸賞金110万円よ！」
人々がいっせいに真実たちのほうへ走ってきた。
「健太サンの懸賞金は、10万円のようですネ」
「真実くんの10分の1!?って、そんなこと今はどうでもいいよ！」
「健太くん、逃げるぞ！」
しかし、その先は袋小路だった。
路地の角を曲がり、さらに曲がる。
ふたりはあわててその場から逃げだした。
「くっ！」
「隠れなきゃ！」
健太はまわりを見るが、隠れられそうな場所はない。

「捕まる確率、99パーセントでス」
「ナナミちゃん、そんなこと言ってる場合じゃないってば！」
真実と健太はどこか隠れる場所がないか、必死にまわりを見た。
すると、そばにある古い木造の一軒家の門から、ひとりのおじいさんが顔を出した。

「きみたち、こっちじゃ！」

おじいさんは真実たちを見て手招きする。
「そっちの角を曲がったぞ！」
「捕まえろ！」
道路の向こうから、追ってくる人たちの声がする。
真実と健太は顔を見合わせ、うなずき合うと、次の瞬間、おじいさんの家へと駆け込んだ。

「どこに行ったんだ？」
「映像には、こっちに来たように映ってたのに……」
袋小路では、タブレットを持った人たちがウロウロしていた。
健太はそれをおじいさんの家の居間の窓から、隠れるように見ていた。
やがて、人々は別の場所を探すことにしたのか、袋小路から去っていった。
「助かった〜」
健太はホッとすると、室内を見た。
そこには、おじいさんと真実がいる。
「おじいさん、助けてくれて、ありがとうございます！」
「いやいや、なんだか困ってそうだったからね」
健太がお礼を言うと、おじいさんはやさしい笑みを見せた。
「真実くん、健太くん、今、お茶を持ってくるから、座って待ってなさい」
おじいさんは、ほほえみながら居間から出ていった。
「よかったね、いいおじいさんで」

部屋には畳が敷かれていて、ちゃぶ台と座布団がある。となりの部屋とはふすまで仕切られていて、わずかに開いたふすまのすきまからは、仏壇が見えている。

仏壇には、おばあさんの写真が飾られていた。おじいさんはひとり暮らしのようだ。

健太はホッとして、敷かれた座布団に座ろうとした。

だが、真実はなぜか立ったままだ。

「どうしたの？」

健太が聞くと、真実は声をひそめて答える。

「あのおじいさんを信用するのは危険だ」

「えっ!? それって、ぼくたちを捕まえようとしてるってこと？ それはないと思うよ」

部屋には、テレビとラジオはあったが、パソコンやスマホなどのＩＴ機器はどこにも見当たらなかった。

「ＡＩモデル特区だからって、みんながみんな、ＡＩを使ってるわけじゃないと思うし」

「じゃあ、どうしてぼくたちの名前を知ってたんだい？」

184

「あっ、そう言われれば!」
ふたりはまだ名乗っていなかったのだ。
「あれっ?」
健太は、ちゃぶ台の下に何かが置かれていることに気づいた。
それは、スマホだった。
「どうしてこんなところに?」
まるであわてて隠したように見える。
「まさか」
真実は、何を思ったのか、仕切られていたふすまをそっと開けた。
すると、仏壇の横には机があり、パソコンとプリンターが置かれていた。
その横には、タブレットもある。
「あのおじいさんも、ゼウスを使ってたの?」
健太はおじいさんのタブレットを手に取り、電源を入れてみた。
画面に、人気アイドルそっくりなゼウスが映っている。

「彼らを捕まえてくれたら、ワタシ、すごくうれしいワ」

アイドルそっくりなゼウスがニッコリ笑うと、その横に、真実と健太の顔写真と名前、懸賞金が表示された。

「ここから逃げたほうがよさそうだね」

おじいさんは真実たちを油断させ、捕まえようとしているのだろう。

「だけど、どこに行くの?」

「正体を突き止めたいって前に言ってただろう。『クロノスタワー』に行けばわかると思う。——スーパーゼウスを操っている人間を止めなければいけない」

「操っている人間?」

健太は首をかしげる。
真実はそんな健太を見つめた。
「スーパーゼウスは、確かにぼくたちを捕まえようとしている。背後には、そうするように命令した人物がいるはずだ。あくまでAIだ。背後には、そうするように命令した人物がいるはずだ。だけど、スーパーゼウスは
「それって……」
「スーパーゼウスに命令できる人間は限られている」
「もしかして、社長の円城さん?」
「その可能性が高いかもしれない……」
「あの人が……? ナナミちゃん、そうなの?」
「ワタシは末端のゼウスなので、まったくわかりません」
「とにかく、ここから出よう」
真実はそう言うと、部屋から飛びだした。

「着いたようだね」

おじいさんの家から逃げだした真実と健太は、花森町の町はずれにある全面ガラスばりの高いビルの前までやってきた。

クロノスタワーだ。

「ここまできたら、やるしかないよね……」

さすがに正面から入るのは危険だ。健太は隅にある社員が出入りする通用口のほうを見た。

すると突然、通用口のドアが開いた。

真実の言葉に、健太はごくりとつばをのみこむ。

「どうやら、入ってこいって言っているようだね」

「誰もそばにいないのにどうして？」

ふたりは慎重にまわりを確認しながら、中へ入っていった。

1階は、大理石の床が広がる豪華なエントランスになっていた。

しかし妙なことに、人の姿がまったくない。

暴走するＡＩ(前編) 4 - 必死の逃亡者

受付にも誰も座っていない。

「今日はお休みなのかな?」

「いや、そうじゃないと思うよ」

そのとき、ジャジャーンという音とともに、エントランスの壁に取り付けられていた大きなモニターに映像が映しだされた。

モニターの向こうにいるのは、円城信也だ。

だが、何かがおかしい。

円城は椅子に座っていたが、口をふさがれ、手足をロープで縛られていた。必死にもがくが、ぜんぜん動けないようだ。

「どういうこと?」

健太が驚いていると、円城の前に誰かが立った。

「はーい、パイセンたち〜、元気にしてるかにゅ?」

それは、レイアだった。
「レイアちゃん、どうしてそこにいるの？」
「あ～、パイセンたちには言ってなかったね。アタシのパパは、この人なんだにゅ」
　レイアはうしろで必死にもがいている円城のほうを見た。
「円城さんが、レイアちゃんのお父さん？」

「**そして、アタシが、──スーパーゼウスの開発者なんだにゅ**」

　レイアは正面をじっと見つめると、不敵な笑みを浮かべた。
「ということはつまり、きみがスーパーゼウスを操ってぼくたちを捕まえようとしたということか」
　レイアは真実の言葉に、「にゅ」と笑ってうなずく。
「そんな……」
　信じられないような真相に、健太は驚きを隠せなかった。
「真実パイセンなら、ああやってしかけたら、きっとここまでくると思ってたにゅよ。ぜ～

暴走するＡＩ（前編）4 - 必死の逃亡者

「スーパーゼウスを止めるんだ」

真実は真剣な表情でレイアを見つめ、声をあげた。

「真実パイセン、何言ってるの。本番はこれからだにゅ。このクロノスタワーにしかけたトラップを乗り越えて、アタシとスーパーゼウスのもとへたどりつくことはできるかにゅ？」

「トラップって、わなのことだよね。レイアちゃん、いったい何を考えてるの！」

「ふっふっふ。健太パイセンにはムリだと思うけどねえ。――真実パイセン、実力を見せてもらうにゅ。ここまで無事にたどりつけたら、アタシの真の目的を教えてあげてもいいにゅよ。アタシはスーパーゼウスがある最上階にいるにゅ。さあ、アタシと勝負をするにゅ！」

レイアの笑い声が響く。そして、映像が消えた。

「真実くん、どうしよう……」

「レイアサンは天才でス。おそらく、超高難度のトラップをしかけているでしょウ」

んぶ、アタシの手のひらの上なんだにゅ」

健太は真実のほうを見た。

すると、真実はなぜか笑みを浮かべていた。

彼女は『本番はこれからだ』と言ったよね。それは、ぼくも同じ気持ちだよ」

「真実くん……」

「スーパーゼウスと、それをつくった天才小学生か。おもしろいね。すべてのナゾはぼくに解かれる運命にある」

真実は歩きはじめる。

「ああ、ちょっと！」

健太はあせるが、真実の自信に満ちた表情を見て、次第に落ち着きを取り戻した。

真実は今までどんな困難でも乗り越えてきた。

今回だってきっと──。

「よーし。真実くん、ぼくも力になるよッ！」

健太は大きな声でそう言うと、「行こう、ナナミちゃん！」とタブレットに向かってほほえみ、真実のあとを追うのだった。

194

暴走するＡＩ（前編）4 - 必死の逃亡者

（後編へつづく）

4

SCIENCE TRICK DATA FILE

科学(かがく)トリック データファイル

GPS(ジーピーエス)のしくみって？

GPSは、グローバル・ポジショニング・システム（Global Positioning System）の略で、「全地球測位システム」という意味です。

もともとは、ミサイルを正確な場所に導くなどの目的で、アメリカが軍事用に開発したものです。地球のまわりを回るGPS衛星からの電波を利用して、今いる位置を特定することができます。

どこにいても
今いる場所が
わかるしくみは
すごいね

GPS衛星(ジーピーエスえいせい)

六つの軌道に4基ずつ、合計24基（予備を入れると約30基）が地球を回っていて、地球上のどこにいても、三つ以上の衛星の信号をキャッチできるようになっている。

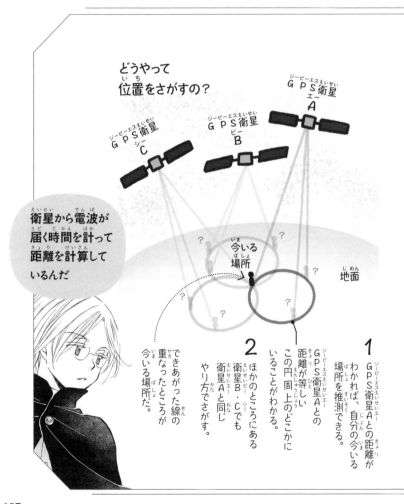

著者紹介

佐東みどり
脚本家・作家。アニメ「サザエさん」「ハローキティとあそぼう！まなぼう！」などを担当。小説に「恐怖コレクター」シリーズ、「謎新聞ミライタイムズ」シリーズ、「怪狩り」シリーズなどがある。
（執筆：プロローグ、4章）

石川北二
監督・脚本家。脚本家として、映画「かずら」（共同脚本）、映画「燐寸少女 マッチショウジョ」などを担当。監督としての代表作に、映画「ラブ★コン」などがある。
（執筆：2章）

木滝りま
脚本家・作家。脚本家として、ドラマ「念力家族」「ほんとにあった怖い話」、アニメ「スイートプリキュア♪」など。代表作に、『世にも奇妙な物語 ドラマノベライズ 恐怖のはじまり編』がある。
（執筆：マジメスギの初恋、3章）

田中智章
監督・脚本家。脚本家として、アニメ「ドラえもん」、映画「シャニダールの花」などを担当。監督としての代表作に、映画「放課後ノート」「花になる」などがある。
（執筆：1章）

挿画 木々（KIKI）
マンガ家・イラストレーター。代表作に、「バリエガーデン」シリーズ、「ラヴ ミーテンダー」シリーズなどがある。
公式サイト：http://www.kikihouse.com/

ブックデザイン
アートディレクション
辻中浩一
＋
吉田帆波
久保沙織
小池万友美
小山内毬絵（ウフ）

好評発売中!

科学探偵 謎野真実シリーズ
科学探偵 VS. 暴走するAI [後編]

最先端AI・スーパーゼウスの仕掛けるワナが
真実と健太に、次々と襲いかかる。
その裏で、ひそかな計画が進行していた。
AIに支配された人々の運命は!?
最後に勝つのは、真実の頭脳か?
それとも全知全能のAIか?

科学探偵 謎野真実シリーズの公式サイトをチェックしよう!

おたより、似顔絵、大募集中! メールでも送れマス

▶ 公式サイト　朝日新聞出版 検索

監修	栗原聡（慶應義塾大学理工学部教授）、金子丈夫（筑波大学附属中学校元副校長）
編集デスク	橋田真琴、福井洋平、大宮耕一
編集	河西久実
校閲	宅美公美子、志保井里奈、野口高峰（朝日新聞総合サービス）

本文図版	楠美マユラ
コラム図版	佐藤まなか
本文写真	iStock、朝日新聞社
ブックデザイン／アートディレクション	辻中浩一＋吉田帆波、久保沙織、小池万友美、小山内毬絵（ウフ）

おもな参考文献

『新編 新しい理科』3～6（東京書籍）／『AI兵器と未来社会 キラーロボットの正体』栗原聡著（朝日新書）／『人工知能と友だちになれる？ もし、隣の席の子がロボットだったら…マンガでわかるAIと生きる未来』新井紀子監修（誠文堂新光社）／『ニュートン式超図解 最強に面白い!! 人工知能 ディープラーニング編』松尾豊監修（ニュートンプレス）／『週刊かがくる 改訂版』1～50号（朝日新聞出版）／『週刊かがくるプラス 改訂版』1～50号（朝日新聞出版）／「ののちゃんのDO科学」朝日新聞社（https://www.asahi.com/shimbun/nie/tamate/）

科学探偵 謎野真実シリーズ

科学探偵 VS. 暴走するAI［前編］

2020年 8月30日 第1刷発行
2023年 6月20日 第7刷発行

著 者	作：佐東みどり 石川北二 木滝りま 田中智章 　　絵：木々
発行者	片桐圭子
発行所	朝日新聞出版
	〒104-8011
	東京都中央区築地5-3-2
	編集 生活・文化編集部
	電話 03-5541-8833（編集）
	03-5540-7793（販売）

印刷所・製本所　大日本印刷株式会社
ISBN978-4-02-331900-4
定価はカバーに表示してあります

落丁・乱丁の場合は弊社業務部（03-5540-7800）へ
ご連絡ください。送料弊社負担にてお取り替えいたします。

ⓒ 2020 Midori Sato, Kitaji Ishikawa, Rima Kitaki, Tomofumi Tanaka ／ Kiki, Asahi Shimbun Publications Inc.
Published in Japan by Asahi Shimbun Publications Inc.

絵で見てわかる！世界の国ぐに

197カ国のおもしろ情報や日本とのつながりがわかる！

197カ国の特徴が一目でわかる事典。
動物のナビキャラたちが、各国の基本データやイラストマップで、文化や暮らしぶりを紹介。
楽しく読めて、調べもの学習にも役立つ一冊。

● 定価：本体 1300 円＋税 ●A5判・オールカラー ●208ページ

楽しいイラストと地図で、その国の特徴がパッとつかめる。

びっくりネタや日本とのつながりなど、**雑学ネタがもりだくさん！**

おもしろランキングや国旗の話など、**コラムも充実！**

おさらいクイズもあるよ！

1日1テーマ、朝の読書にも最適!
5分間のタイムワープ

ザンネン!?な日本史

「卑弥呼は人名じゃない?」「『解体新書』は誤訳だらけ?」など日本史の意外なエピソードを楽しいイラストをふんだんに使って紹介。真実を知ると日本史がもっと楽しくなる。

びっくり!?日本史の大事件

「日本列島に日本人の祖先がやってきた」「信長が京から将軍を追放!」など、テストに出る日本史の重要事件を面白エピソードで紹介。歴史の流れがスラスラ頭に入る。

ザンネンの裏に真実あり!楽しいイラストで日本の歴史がスラスラわかる!

定価:本体各860円+税
A5判・176ページ

はやみねかおるの心理ミステリー

奇譚ルーム
きたん

き‐たん【奇譚】
めずらしい話。
不思議な話。

● 定価：本体980円＋税 四六判・248ページ　　画 しきみ

> わたしは**殺人者**（マーダラー）。これから、きみたちをひとりずつ**殺**していくのだよ。

ぼくが招待されたのは、SNSの仮想空間「ルーム」。10人のゲストが、奇譚を語り合うために集まった。だが、その場は突然、殺人者（マーダラー）に支配された。殺人者（マーダラー）とは、いったいだれなのか。衝撃（しょうげき）のラストがきみを待っている！

おそらく、真犯人はわからないと思います。(ΦωΦ)ﾌﾌﾌ…

はやみね

▲はやみね先生初の横書き小説

公式サイトでは、はやみねかおるさんのインタビューをはじめ、試し読みや本の内容紹介の動画を公開中！ 朝日新聞出版 検索

すべての人に、価値ある一冊を
ASAHI
朝日新聞出版